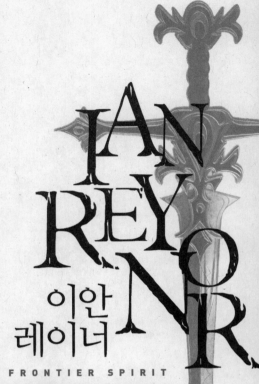

IAN REYNOR

이안
레이너

FANTASY FRONTIER SPIRIT

이휘 판타지 장편 소설

이안 레이너 1

이휘 판타지 장편 소설

초판 1쇄 찍은 날 § 2014년 2월 11일
초판 1쇄 펴낸 날 § 2014년 2월 19일

지은이 § 이휘
펴낸이 § 서경석

편집부장 § 권태완
편집책임 § 이효남

펴낸곳 § 도서출판 청어람
등록번호 § 제1081-1-89호
등록일자 § 1999. 5. 31
어람번호 § 제1-1779호

주소 § 경기도 부천시 원미구 부일로 483번길 40 서경B/D 3F (우) 420-822
전화 § 032-656-4452 팩스 § 032-656-4453
http://www.chungeoram.com
E-mail § chungeorambook@daum.net

ISBN 978-89-251-3720-9 04810
ISBN 978-89-251-3719-3 (세트)

FANTASY FRONTIER SPIRIT

이휘 판타지 장편 소설

IAN REYNOR

이안
레이너

1

도서출판 청어람

IAN
REY
O
N R

이안
레이너

CONTENTS

프롤로그 | **7**

제 1 장 백인대장 | **27**

제 2 장 추락, 그리고 생존 | **77**

제 3 장 여긴 뭐지? | **103**

제 4 장 문을 열 수 있다고? | **129**

제 5 장 이겨 뭐 이래? | **159**

제 6 장 해보자 이거지? | **185**

제 7 장 제파스? 잡아보자고! | **211**

제 8 장 뭐라고 불러야 하는 거야? | **237**

제 9 장 나를 따르겠는가? | **265**

프롤로그

    어린 시절 아카데미로 가기 전에 부친으로부터 선물받은 하얀 갈기털을 지닌 하라트 종의 애마가 조금은 지친 듯이 발걸음을 옮겼다.

    '하아, 이 시간에 연기가 피어오르는 집이 없다니……'

    영지의 사정이 안 좋은 것은 이안도 알고 있었다. 하지만 아카데미 생활을 하면서 본 왕도의 모습과는 너무나 다른 상황에 고삐를 쥔 손아귀에 힘이 들어갔다.

    "이공자님이시다!"

    한 촌로의 외침에 힘겹게 맡은 일을 하던 영지민들이 우르르 몰려나왔다.

"아이고! 우리 이공자님께서 정말 기사가 되셨네요! 정말로 감축드립니다요!"

"이제 우리 이공자님이 오셨으니 참말로 다행이구만요."

영지민이라고 해봐야 삼천을 가까스로 넘기는 작디작은 영지에 불과한 레이너 가문이다. 몇 년 전만 해도 이 정도는 아니었지만 영지전에서 패해 이 산골짜기까지 쫓겨 온 레이너 가문이고, 그 영주 일가를 따라 여기까지 온 자들이 지금 이안을 환영하고 있는 영지민들이다.

'하아, 이들의 환영을 받을 자격이 있는 것일까?'

고맙지만 다른 한편으로는 부담스럽고 창피하기까지 한 마음을 억누르며 이안은 최대한 활짝 웃으려 노력했다.

"모두들 고생이 많다. 오늘은 시간이 늦었으니 다음에 인사를 더 나누도록 하지."

"아이고, 그러믄입쇼. 어서 영주성으로 들어가셔야지요."

"집에 오셨으니 편히 쉬세요, 이공자님!"

뙤약볕에 검게 그을리고 고생으로 인해 주름이 자글자글한 그네들의 얼굴을 차마 볼 수 없어 이안은 손을 흔들며 영주성으로 말을 돌렸다.

"이공자님, 어서 오십시오!"

영주성이라고 해봐야 몬스터들의 침입을 대비하려고 만든

요새를 살짝 개조해서 사용했다. 때문에 입구는 오직 하나였고, 그곳을 지키는 병사들은 오랜 세월 레이너 가문과 함께한 이들이다.

"한스, 잘 지냈느냐?"

"흐흐, 정말 멋있어지셨습니다. 오, 가슴에 약장이 많네요."

"그렇게 되었다. 영주님은 안에 계시느냐?"

이안은 선뜻 아버지라는 말이 나오지 않아 영주님이라고 불렀다. 한스는 이안의 성정을 잘 알고 있기에 그 말에 아무런 토를 달지 않았다.

"아, 지금은 안 들어가시는 것이 좋을 겁니다."

갑자기 표정이 안 좋게 변하는 한스를 보며 이안은 뭔가 좋지 않은 일이 영지에 일어났음을 느꼈다.

"괜찮다. 지금 가볼 테니 수고하도록."

"예, 이공자님."

한스를 뒤로하고 이안은 영주의 집무실로 곧바로 이동했다. 중간에 몇몇 하녀와 시종들이 인사를 했지만 찬바람이 쌩하고 불 정도로 굳어 있는 그의 모습에 고개만 숙이고 물러났다.

"이공자님, 언제……."

"쉿!"

이안은 집무실 앞에서 고개를 숙이고 있던 기사가 알아보고 말하려는 것을 막았다. 2층에 올라서면서부터 들려온 대화에 귀를 기울이며 문 앞에서 기다렸다.

"내 이렇게 사정하겠네. 그러니 조금만 더 말미를 주게. 부탁하겠네."

"저도 그러고 싶죠. 하지만 위에서 쪼는 통에 제가 먼저 죽을 지경이라니까요. 다 필요 없고, 언제까지 주실 겁니까?"

"미안하네. 정말 당장은 힘들어서 그러니 이번 가을 수확 때까지만 기다려 주게."

안에서 들리는 대화는 이미 귀족으로서의 권위와 품격을 다 저버린 것이었다. 그리고 그 권위를 잃어버린 귀족의 모습을 보여주는 이가 바로 자신의 아버지였다.

'사냥개 하버 자작의 수하인가? 개자식들, 반드시 죽여 버리고 말겠다.'

이안은 하버 자작에 대한 분노를 삭이며 주먹을 움켜쥐었다. 가문이 이렇게 된 것은 거슬러 올라가면 가장 위에 있는 것이 시밀로프 후작가 때문이었다. 그 가문은 레이너 가문의 가신으로 출발해서 레이너 가문을 몰락시키며 그 자리를 차지했다. 하버 자작 가문은 그 시밀로프 가문의 가신 가문에 불과했다.

"정말입니까, 이번 수확 때 주신다는 그 말씀?"

"내 귀족의 명예를 걸고 약속하겠네. 그러니 그때까지만 연기해 주게나."

"큭! 하버 자작님께는 제가 조금 혼나면 되는 거지만… 그거 참."

"미안하네. 얼마 되지는 않지만 위로금이라 생각하고 받아 주게."

부친이 건네는 작은 가죽 주머니를 한차례 흔들어본 상대는 히죽 웃으며 걱정 말라는 말을 남기고 집무실을 나섰다.

"오~ 이게 누구시더라? 그래, 그 천재라는 이안 레이너 이 공자시로군."

"레이너 경이다! 무례한 놈!"

강한 투기가 실린 이안의 눈빛에 오만방자하게 굴던 자의 눈에 묘한 기운이 어렸다.

"흐흐. 그러시군요, 이안 레이너 경! 큭! 얼간이 영주 밑에서 꽤나 용감한 아들이 나오셨네. 흐흐, 그럼 다음에 또 뵙도록 하겠습니다."

살짝 고개를 숙여 인사하면서 이안을 노려보는 상대의 행동에도 이안은 그저 노려볼 뿐 아무런 행동도 하지 못했다. 당장에라도 처죽일 수 있는 하수인에 불과한 놈이다. 그러나 이놈을 죽일 경우 하버 자작 가문은 그걸 핑계로 마지막 남은 이 땅마저 빼앗으려고 달려들 것이다.

'참아야 한다. 시밀로프 후작 그 개자식이 어떻게든 우리 가문의 이름을 지우려고 하고 있으니.'

시밀로프 후작가는 레이너 가문의 가신 가문이었다는 것을 지우고 싶어 했다. 레이너 가문이 살아 있는 이상 시밀로프 후작가는 영원히 배덕자의 가문이기 때문이다. 차라리 깨끗하게 지워 버리는 것이 언젠가는 그 더러운 배덕자 가문이라는 꼬리표도 사라질 것이라 믿는 것이다.

"왔느냐."

부끄러운 모습을 보였다는 것에 무안했는지 어색하게 웃으며 반겨주는 부친에게 이안이 다가갔다.

"다녀왔습니다."

"그래, 5등으로 졸업했다는 이야기는 들었다. 그 정도만 해도 대단한 거지. 하하! 오늘은 축하 파티라도 해야겠구나."

"아닙니다. 사정도 어려운 듯하니 그냥 식사나 하죠."

"그럴까? 하하, 이거 참, 아비가 면목이 없구나."

"먼 길을 오느라 피곤해서 지금은 좀 쉬고 싶네요."

"아, 내 정신 좀 보게. 그래, 어서 가서 쉬거라. 저녁 식사 전에 깨우도록 말해놓으마."

"네, 아버지."

이안은 머쓱한 표정의 아버지를 뒤로하고 자신의 방으로 올라갔다. 작은 영주관인 탓에 채 1분도 걸리지 않았고, 기사

정복을 입은 채로 침대에 누웠다.

'음, 이게 웬 소란이야?'

이안은 긴 여정으로 인한 피곤함과 무너져 가는 가문에 대한 분노, 실망감으로 그대로 잠들어 버렸다. 그러나 얼마 지나지 않아 잠을 깨우는 소란스러움에 인상을 찌푸리며 침대에서 일어났다.

'도대체 누가……'

영주성이 작기는 했지만 그래도 수백 명은 족히 머물 수 있는 공간이다. 그리고 영주인 부친이 있는 곳에서 이런 소란스러움은 있어서는 안 되었다.

파팟!

창문을 뛰어넘어 3층 높이의 건물 아래로 내려선 이안은 소란이 일고 있는 곳으로 달려갔다.

'뭐 하는… 제길!'

이안의 눈에 들어 온 것은 다름 아닌 레이너 영지의 개망나니로 불리는 형 아이작의 모습이었다.

"감히 시녀 따위가 대공자인 내 명을 거역해?"

"사, 살려주세요, 대공자님. 흑흑!"

"네년이 이안의 시녀라고 해서 내 용서할 것 같나? 뭐 하느냐, 어서 치지 않고!"

"네, 대공자님!"

아이작을 따르는 기사 벤슨은 손을 더럽히기 싫은지 휘하의 병사들에게 눈짓으로 신호를 보냈다.

"그러게 말을 듣지 그랬냐."

"원망하지 말거라."

두 병사는 창대를 거꾸로 잡고 여기저기 상처를 입고 있는 시녀 앤에게 휘두르려 했다.

"멈춰라!"

이안은 참기 어려운 상황에 분노를 터뜨리며 나섰다. 그의 분노한 얼굴을 본 병사들이 멈칫하며 벤슨을 보았지만 그 역시 고개를 가로저었다.

"오! 이게 누구야! 천재라고 불리는 내 아우가 아니신가? 아, 맞다! 수석 졸업을 할 거라고 큰소리 뻥뻥 치더니 5등으로 졸업했다지? 크하하하! 아주 대단한 천재시로구만. 5등이 천재라니! 하하하!"

뭔가 단단히 꼬인 아이작의 말에도 이안은 아무런 반응을 보이지 않았다. 이미 그 부분에 대해서는 수많은 실망을 했고 더 잘하지 못한 자신의 노력을 탓하고 있기 때문이다.

"훗! 미안하네. 수석을 못하고 돌아와서. 그런데 앤은 무슨 일이지?"

자신의 말을 오히려 비웃듯이 넘겨 버리는 동생의 모습에 아이작의 비틀린 심사가 더욱 고약해졌다.

"하긴, 내가 영지를 물려받으면 내 밑에서 일해야 할 너의 실력이 좋다면 나쁜 일은 아니지. 안 그런가, 벤슨 경?"

"하하! 물론입니다, 대공자님!"

벤슨은 가문에 다섯 명 남은 기사 가운데 그나마 실력이 좋은 기사였지만 형인 아이작과 꿍짝이 맞은 이후로 기사라기보다는 협잡꾼에 가까운 모습으로 변해 있었다.

"내 말 못 들었나? 앤은 무슨 일이냐고 물었다!"

"뭐야? 이 새끼가! 내가 형이야, 이 자식아!"

아이작이 발끈하며 손가락질을 하는 것에 이안은 싸늘한 눈빛으로 그런 형의 두 눈을 노려보았다.

"무슨 일이냐고 물었다. 더는 묻지 않을 테니 알아서 해."

"이, 이… 시녀나 그 주인 놈이나 예의가 없기는 매한가지로군. 영지의 후계자인 형에게 반말이나 지껄이는 동생 놈이라니. 하하! 이거 참."

아이작은 일부러 소리를 지르며 주위의 이목을 집중시켰다. 그중에는 창문으로 내려다보고 있는 부친 비어홀트 남작도 있었다.

"예의가 없는 것이 무엇인지 보여줄까?"

이안이 싸늘한 조소와 함께 묻자 아이작은 폭급한 성정을 드러내며 검을 뽑아 들었다.

"내 오늘 가문의 후계자에게 저항하는 무뢰배를 어떻게 징벌하는지 보여주겠다! 받아라!"

이안이 검을 뽑아 들지 않았음에도 사정없이 검을 휘두르는 아이작은 죽지만 않을 정도로 벨 생각으로 동생의 가슴을 노렸다. 그에게 동생 이안은 영지를 노리는 정적에 불과했고, 언제나 자신의 권위에 대항하는 걸림돌이었다.

쎄에엑! 쉬릿!

이안의 가슴을 베어내야 할 검이 허공을 가르고 그대로 지나갔다. 그러자 반보 뒤로 물러났던 이안의 발놀림이 빠르게 치고 나가며 형의 얼굴에 주먹을 꽂아 넣었다.

퍼걱! 쿠당탕!

턱뼈가 부서지는 소리와 함께 아이작이 뒤로 나가떨어졌다. 정신이 아득해지는 것에 아이작은 고개를 털며 눈을 부릅떴다. 그러나 이미 뇌가 흔들린 탓에 몸은 제대로 된 움직임을 보이지 못했다.

"잘 들어! 네가 형으로 태어났든 지랄을 했든 난 이 영지 따위에는 관심도 없었어. 그런데 지금 네가 하는 꼴을 보니 관심을 좀 가져야겠다. 알아들어? 군대 가기 싫어서 아카데미도 안 간 너 같은 개망나니 새끼한테는 이 빌어먹을 영지도 주기 아깝다는 소리야."

형에게 막말을 쏟아 붓는 이안이었지만 그 누구도 그를 막지 못했다. 이미 형의 멱살을 잡아 들어 올린 이안은 당장에라도 죽일 듯이 아이작의 눈을 노려보았다.

"정신 똑바로 차리고 살아야 할 거다. 내가 군대를 전역하는 5년 후, 지금과 똑같은 모습이라면 형이라는 타이틀이 네 목숨을 지켜주지 못할 거야. 버러지 같은 새끼."

부웅! 콰당!

거칠게 욕설을 늘어놓으며 이안은 여전히 정신을 차리지 못하는 형 아이작을 거침없이 던져 버렸다. 그리고 난 후 아이작의 심복인 벤슨에게 시선을 돌렸다.

"벤슨 경!"

"으음, 말씀하십시오."

"당신도 정신 똑바로 차리는 게 좋을 거요. 기사가 기사답지 못하고 쥐꼬리만 한 권력에 아부하는 모습, 결코 보기 좋지 않으니까 말이요."

"크흠, 그, 그렇게 하지요."

벤슨은 이미 자신의 능력을 뛰어넘은 것으로 보이는 이공자 이안에게 고개를 숙였다. 가문의 기사 다섯 명은 모두 초급의 익스퍼트였고, 그중 벤슨만이 중급의 경지를 바라보는 수준이었다. 그에 반해 기습에 가까운 공격을 피해내고 반격하는 이안의 움직임은 중급의 끝자락에 가까웠다.

"앤, 일어나거라."

"흑흑! 네, 작은 도련님."

앤은 이안이 내미는 손을 잡고 일어났다. 상의는 찢어져 있고 여러 곳의 까진 상처로 보아 그녀가 당한 일이 어떤 종류의 것인지 알 것 같았다.

"후우, 미안하구나."

"아, 아니에요, 작은 도련님이 구해주지 않으셨으면… 으흑흑!"

앤의 등을 두드려 주며 발을 동동 구르고 있는 시녀장에게 그녀를 부탁했다. 말없이 고개를 숙이는 시녀장은 이안에게 고맙다는 뜻을 눈빛으로 전했다.

'하아, 빌어먹을 세상 같으니……'

이안은 기분이 더러워서 누구라도 두들겨 패고 싶은 심정이었다. 그러나 개망나니라고 해도 형은 형이었고, 정신 차리라고 친 한 대가 자신이 할 수 있는 한계였다.

"크흠, 아까 뒷마당에서 있었던 일은 나도 보았다."

부친이 불러 간 집무실에서 처음으로 비어홀트 남작이 한 말이다.

"죄송합니다."

다른 미사여구 없이 죄송하다는 말로 자신의 심정을 대신한 이안에게 비어홀트 남작은 고개를 가로저었다.

"아니다. 전부 이 아비가 훈육을 잘못한 것을."

"후우, 형이… 아닙니다."

뭔가 말하려다가 고개를 흔드는 이안을 보며 비어홀트 남작은 복잡한 심경이 고스란히 드러난 눈으로 물었다.

"이제 어떻게 할 생각이냐? 진정으로 영지를 물려받을 생각이더냐?"

슬하에 두 아들을 둔 비어홀트는 가문을 위해서라면 둘째인 이안에게 영지를 물려주는 것이 맞는다는 것을 알고 있었다. 하지만 열 손가락 깨물어서 아프지 않은 손가락이 있던가. 아무리 개망나니라고 해도 큰아들 역시 자신의 분신이었다.

"형을 잘 부탁한다. 어릴 때는 너보다 더 뛰어난 재목이던 녀석이다. 그때 하버 자작과의 영지전에서 패하지 않았더라면… 저렇게 되지는 않았을 것을……."

이안도 잘 알고 있는 사실이다. 자신보다 더 뛰어난 오성과 자질을 갖춘 인간이 개망나니로 불리는 형이라는 것을. 그래서 더욱 화가 나고 형에 대한 실망이 더 큰지도 몰랐다.

"우선 군대를 갔다 오는 것이 먼저입니다. 나중 일은 그때 생각해도 늦지 않을 겁니다."

"그렇지. 그래, 너는 어떻게 살 생각이냐? 아비로서 아들의 계획을 들어보고 싶구나."

오늘따라 유난히 늙어 보이는 아버지 비어홀트 남작의 인자한 얼굴을 보며 이안은 심중에 감춰둔 뜻을 토로했다.

"힘을 키울 겁니다. 그 누구도 무시할 수 없는 힘을. 그리고 그 힘이 완성되면… 그 개자식들을 쓸어버릴 겁니다. 다른 건 몰라도 어머니는 그렇게 가셔야 할 분이 아니었으니까요."

이안은 하버 자작가와의 영지전 때 심약했던 어머니가 돌아가신 것을 지금도 잊을 수 없었다. 그들 때문에 돌아가신 어머니와 그 눈을 감겨 드릴 때 맹세했던 그것을 지금도 잊지 않고 있었다.

"시밀로프… 가문은 재상과 사돈을 맺었다고 들었다. 중앙 정계에도 힘을 뻗치고 있는데 가능할까 모르겠구나."

나약한 아버지의 힘없는 음성은 이안으로 하여금 울화를 치밀게 만들었다. 차라리 치고받고 싸우다 모두가 죽는 것이 깨끗하지 않을까 생각했지만 아버지는 생존을 선택했다. 이렇게라도 살아남아서 가문을 이어가는 것이 그의 선택인 것이다.

'후우, 지금은 아니지만… 나중에는 다를 겁니다, 아버지.'

이안은 입술을 깨물며 다시 한 번 마음을 다잡았다. 무능하고 유약한 아버지와 개망나니로 변해 버린 형. 두 사람을 책임져야 할 것은 다름 아닌 자신뿐인 것이다. 아무리 싫어해도 그들이 가족인 것은 변하지 않는 사실이고, 그 짐이 아무리 무겁다고 해도 이겨내야 했다.

'시밀로프 후작을 쓸어버리면 결국은 재상까지 나서겠지. 재상 다음은 국왕인가? 훗! 진짜 죽어라 노력해야겠군. 빌어먹을 왕국까지 갈아엎으려면 말이야. 후후후!'

이안이 5등으로 아카데미를 졸업한 것에는 왕당파와 귀족파 간의 농간 때문이었다. 그 어디에도 들어가지 못하는 몰락 귀족은 절대 수석 졸업을 할 수 없었다. 그가 생각하기에 건국된 지 400년이 흐른 지금의 왕국은 서서히 멸망을 향해서 치달아가는 중이었다. 건국 초기의 어려움을 잊어버린 귀족들은 자신의 권익을 추구하느라 왕권을 위협했고, 국왕은 왕당파를 구성하여 그런 귀족들을 찍어 누르느라 여념이 없었다.

'그 무엇보다… 이 나라를 위해서 모든 것을 희생한 우리 가문, 버러지만도 못한 것들이 무시해서는 안 된다고 생각합니다. 그걸 기회로 가문을 짓밟았던 그들, 용서할 생각이 없습니다, 아버지!'

이안은 차마 입 밖으로 꺼낼 수 없는 이야기를 속으로 억누르며 부친인 비어홀트 남작을 쳐다보았다.

"그래, 내 아들인 이안이라면 가능할 것이다. 비록 이 아비는 못나서 이러고 있지만… 내 아들이라면… 내 아들……."

눈시울을 붉히면서도 끝내 눈물을 참아내는 비어홀트 남작이 서랍을 열더니 한 가지 물건을 꺼냈다. 작은 가죽 주머니를 건네는 부친에게 이게 무엇이냐고 눈빛으로 물었다.

"네가 갖고 있거라. 가문의 시조이신 렉시온 님이 남기신 물건이다."

"아······!"

대대로 가문의 가주들에게 이어진 유물이었다. 그것을 넘겨주는 부친의 모습에서 작은 고민이 엿보였다. 뭔가를 이야기하려다 끝내 못하고 마는 부친을 보며 이안은 눈시울을 붉혀야 했다.

'후우, 결국 그런 것이었습니까? 형을 부탁한다는… 하아!'

어차피 지고 가야 할 짐이지만 부친인 비어홀트 남작은 이렇게나마 부탁한다는 뜻을 밝혔다. 가죽 주머니 안에 들어 있는 하나의 팔찌와 영롱한 빛을 발하는 반지가 고색창연한 빛을 뿜어내며 이안을 반겼다.

'후우, 이 빌어먹을 책.'

이안은 아카데미의 도서관에서 한 권의 책을 발견했다. 지금 손에 들려 있는 책으로 600년 전 역적으로 몰려서 죽은 현자 페르온의 저서였다.

'피의 각성… 정말 엿 같은 기분이었는데…….'

금서로 지정된 책의 제목은 '신세계에 대한 고찰'로, 봉건제를 뒤집고 공화정을 세워야 한다는 페르온의 정치 이념이 담겨 있었다. 그리고 그는 자신의 혁명이 실패했을 때를 대비하여 친필 저서에 피의 각성이라는 마법을 걸어놓았다. 우연히 그 책을 발견하고 피의 각성을 하게 된 이안은 두 사람의 기억을 각성을 통해서 얻게 되었다.

'기억을 얻었지만… 희미한 안개에 싸인 듯한 그 기억으로 무엇을 할까?'

두 사람의 기억은 아주 짧은 순간이었지만 각성할 수 있었다. 공화정으로 백성들을 잘살게 만들어야 한다고 주장했던 페르온의 기억과 그의 전생인지 뭔지 모를 강한성이라는 이계 인간의 기억이 그것이다.

'어릴 적 기억도 가물가물한 판에 피의 전승을 통해서 얼핏 읽은 그들의 기억이 생생하다면 그게 더 이상한 것이겠지.'

이안은 두 사람의 기억을 갖게 된 이후 더 이 세상에 대해서 비판적인 사고를 가지게 된 것이 싫었다. 차라리 아무것도 몰랐다면 순응하고 살았으련만 그들의 희미한 기억 때문에 왕이라는 존재에 대해서 부정적이 되어버렸기 때문이다.

"후우, 이 책도 이제는 태워야겠지."

남겨둬서 도움이 될 책이 아니었다. 누군가가 본다면 역적으로 몰려서 죽음에 이르게 될 금서이기 때문이다.

"파이어!"

후웅! 화르륵!

이안의 손에서 일어난 마법의 불길이 피의 전승이 각인되어 있는 금서에 옮겨 붙었다. 검은 재가 될 때까지 지켜본 이안은 미련 없이 재를 흩어버리며 새로운 각오를 다졌다.

1장

백인대장

베헤니아력 1310년.

락토르 왕국은 베헤니아 대륙이라 명명된 동대륙에 자리한 왕국이다. 대륙 동부를 장악한 기사들의 제국인 로크 제국의 동맹국으로 북쪽을 장악하고 세력을 확장하는 체이스 제국에 대항하는 나라이다.

대륙 중부의 왕국들은 두 제국의 확장에 저항하기도 하고 때로는 다투기도 하면서 이합집산을 거듭하고 있었다. 그중 락토르 왕국은 신권과 왕권이 팽팽한 균형을 유지하고 있는 나라였다. 특히 로크 제국과 체이스 제국 사이에 끼어 있는 나라치고는 제법 잘 버티고 있다는 평가를 받았다.

"룰루루!"

콧노래를 흥얼거리며 말을 몰아가는 기사 정복을 입은 청년은 뭐가 그리 좋은지 연신 싱글벙글했다.

"임지가 다가오니 기분이 좋은가 보다?"

뒤에서 뚱한 얼굴을 하고 있는 곰같이 생긴 청년의 말에 콧노래를 흥얼거리던 청년이 대답했다.

"그럼 좋지 나쁘겠냐. 기사 아카데미를 졸업하고 처음으로 발령받아 가는 기사단인데."

"퍽이나 좋겠다. 우리가 가는 곳이 어딘지는 아냐?"

곰같이 생긴 것 같지 않게 제법 또릿또릿하게 돌아가는 눈동자를 빛내며 묻는다.

"맥컬리, 그러지 마라. 우리같이 몰락 귀족가 출신이 변경이기는 해도 중앙군 기사단에 들어가는 것도 운이 좋은 거야."

맥컬리라고 불린 청년기사는 자신의 친구이자 레이너 가문의 차남인 이안을 물끄러미 쳐다보았다. 기사치고는 체구가 큰 편은 아니지만 단정하게 빗어 넘긴 레드블론드의 머리카락이 멋스러움을 자아내는 친구의 모습이 낯설게 느껴졌다.

"넌 억울하지도 않냐?"

"뭐가?"

"검술은 그렇다고 쳐도 전술학을 비롯한 전투 지휘 과목과 전투 행정은 내내 1등을 놓치지 않았잖아. 졸업할 때도 5등으로 졸업했고. 그럼 근위기사단 정도는 가야 하는 거잖아."

"풋!"

이안은 자신이 괜찮다고 해도 억울해 미치겠다는 듯한 표정을 짓고 있는 맥컬리를 향해 고개를 저었다.

"어차피 5년만 때우면 그만이다. 나에게는 차라리 변방이 더 좋아. 개인적으로 수련할 시간도 많고. 그리고 어쩌면… 아니다. 후후!"

맥컬리는 이안이라는 친구를 알다가도 모르겠다는 생각이 들었다. 비록 몰락한 남작가에 불과하지만 한때는 대륙을 떠들썩하게 만들었던 마검사 렉시온의 후예이다.

이안도 그런 선조의 피를 타고났는지 익스퍼트의 검술에 3서클 유저의 마법을 사용하는 실력자이기도 하다. 그런 실력이라면 조금 더 높은 이상을 가져도 되련만 항상 말을 아끼고 부당한 대우에 대해서도 불만을 토하지 않았다.

"에휴, 말을 말자."

"크크! 그러시던가."

이안은 답답한지 가슴을 치는 친구를 보며 빙긋이 미소 지었다.

"여기가 좋겠다."

두 제국이 만나는 부분에 자리한 필리아 요새가 두 친구가 가는 목적지였다. 지금 도착한 곳은 그 필리아 요새의 군인들 때문에 만들어진 군사도시 버넨 시였다. 군인 가족과 그들을 상대로 한 상권이 제법 크게 번성한 곳이었다.

"알칸사스의 노래라……."

여관 이름치고 상당히 허황된 이름을 지닌 곳이다. 외관은 넝쿨이 휘감은 오래된 목조건물이었기에 그 나름의 멋스러움은 간직하고 있었다.

"알칸사스면 우리가 아는 그 알칸사스겠지?"

"아마 그렇겠지? 동북부의 영웅이었던 알칸사스 경이 이름을 날린 곳이 이곳이니까."

1차 제국전쟁에서 왕국을 구한 영웅이 바로 알칸사스 공작이었다. 그는 필리아 요새에서 제국군 20만을 물리쳐 왕국을 누란의 위기에서 구한 뛰어난 장군이었다.

"들어가자."

"그래."

두 친구가 말에서 내리자 여관 앞에 대기하고 있던 소년이 잽싸게 달려나왔다.

"멋진 기사님들께서 알칸사스의 노래를 찾아주셔서 감사

합니다! 성심성의껏 모시겠습니다!"

꾸벅 인사하며 미소 띤 얼굴로 맞이하는 소년을 보며 맥컬리는 흐뭇한 미소와 함께 말했다.

"하루 쉬어갈 것이니 말들에게 삶은 콩을 섞은 목초를 듬뿍 줘야 한다. 알겠느냐?"

"헤헤! 저에게 맡겨주세요."

소년이 살살 웃으며 말하자 맥컬리는 말고삐를 넘겨주었다. 늙은 애마는 영지에 남겨두고 새로 구입한 북부 브라운스폿 종 전투마가 투레질을 하며 마구간으로 인도되어 갔다.

끼익!

두꺼운 나무를 덧대어 만들어진 문이 오랜 세월의 풍상을 말해주듯 거북스런 소리를 내며 열렸다.

"어라?"

맥컬리는 들어서자마자 여관 1층의 주점에서 식사하는 세 명의 기사를 보고 반가운 빛이 얼굴에 스쳤다.

"여어! 이게 누구야! 이안하고 맥컬리 아냐!"

"흐흐흐! 어서 와라."

이안은 티모시와 안드레아, 그리고 조용히 웃고만 있는 밀튼을 향해 손을 흔들었다.

"너희들도 여기로 발령받은 거냐?"

"물론. 그러니까 여기 있지."

기사단 배속 명령서는 각자 개인에게 통보되었다. 이안은 맥컬리와 같은 지방에 살고 있어서 함께 출발한 것이다.

"우리는 어쩔 수 없나보다. 하하하!"

언제나 듬직하게 친구들의 버팀목이 되어주던 티모시가 말하자 다들 그 말에 동감하는 듯 웃었다. 기사 아카데미에서는 끼리끼리 논다는 말이 있듯이 고위 귀족가의 자제들과 하급 귀족가의 자제들의 그룹이 따로 있었다. 물론 비굴하게 고위 귀족가의 자제들에게 살살거리며 떡고물을 챙기는 놈들도 있었지만 이들과는 동떨어진 이야기였다. 오직 실력으로 승부하자는 주의의 친구들 모임이 이안과 맥컬리, 그리고 여관에 먼저 와 있는 세 청년 그룹이었다.

"난 동부군 산하 106 중장갑 보병사단으로 발령 났는데, 너희들은 어디냐?"

이안이 제일 먼저 자신이 발령받은 곳을 말하자 티모시가 발령장을 테이블 위에 올려놓으며 말했다.

"난 108 레인저사단이다."

"난 너랑 같아. 106이다."

"흐흐흐, 죄다 진급하고는 물 건너간 곳이구만. 난 107이다."

동부군은 제국과 국경을 맞대고 있는 탓에 제일 중요한 부대가 몰려 있었다. 동부가 1로 시작하는 부대 번호를 부여받

왔고, 북부군이 2로 시작하는 부대 번호를 부여받았다.

"하긴 기병사단이 진급에 유리하긴 하지. 뭐 그래봐야 거기서 거기야. 근위사단 이상으로 간 게 아닌 다음에는 평기사로 끝난다고 봐야지."

맥컬리의 부정적인 말에 이안은 친구들이 마시던 맥주잔을 뺏어 들고 시원하게 들이켰다.

"캬! 좋다. 역시 맥주는 흑맥주야."

화제를 돌려 버리는 이안으로 인해 친구들은 금세 술에 관한 이야기로 빠져들었다. 와인이 좋으니 맥주가 좋으니 떠들다 보니 어느새 늦은 밤이 되어 있었다.

"내일 일찍 전입 신고하려면 그만 마시는 게 좋겠다."

"아쉽긴 하지만 어쩌겠어. 일어나자."

친구들은 모두 아쉬움을 토로하며 자리에서 일어났다. 동부군 사령관이자 왕국 제일의 무장이라 불리는 헥토르 후작을 대면하는 자리에서 실수하고 싶은 마음은 없었다.

"이번에 동부군단으로 배속 받은 기사들입니다."

기사 정복을 입은 중년의 기사가 말했다. 그의 왼쪽 어깨에서 시작하여 길게 늘어진 견사가 황금색 수실인 것을 보면 장군급의 인사라는 뜻이다.

"참모장이 보기엔 어떤가?"

중후한 목소리로 묻는 장군의 왼쪽 가슴에 패용된 수많은 약장이 그 위엄을 드러내고 있었다. 전공을 세우면 그것을 기리기 위해여 수여되는 약장이 오십여 개가 넘게 자리하고 있었다.

　'저분이 왕국의 수호자라 불리는 헥토르 후작님이시구나.'

　이안은 한 번도 본 적 없는 헥토르 후작을 유심히 쳐다보았다.

　'마스터라고 하더니 나이가 참모장보다 더 젊어 보이네.'

　이제 겨우 서른 중반 정도로 보이는 헥토르 후작이었다. 하지만 단단해 보이는 체구와 깊은 눈동자에서는 위엄과 지혜가 엿보였다.

　'그런데 이 이상한 느낌은 뭐지?

　헥토르 후작에게서 느껴지는 정체를 알 수 없는 위화감에 이안은 빠르게 생각을 털어냈다.

　"키워볼 만한 인재가 여럿 보입니다."

　속삭이듯이 한 말이지만 기사가 되려면 적어도 마나를 다룰 줄 알아야 했다. 일반인보다 몇 배는 더 발달된 오감을 지닌 기사들에게 그 정도의 소리가 안 들릴 리 없었다.

　"흠흠!"

　"……"

어깨를 으쓱이며 자신을 돋보이려는 기사들을 보며 헥토르 후작은 형형한 안광을 발하며 말했다.

"신고식을 시작하게."

"충!"

참모장은 발뒤꿈치를 모으는 것으로 기본적인 군례를 취하며 뒤를 돌았다.

"이안 레이너는 앞으로 나오라!"

"충!"

이안은 자신을 부르는 참모장에게 잰걸음으로 나아갔다.

"경이 생도장을 지낸 이안 레이너가 맞나?"

"예, 그렇습니다."

하늘같이 높은 참모장의 말에 이안은 약간 긴장한 모습을 보였다. 아무리 강인한 성정을 지닌 이안이지만 이 자리에서 실수하면 앞으로 5년이 괴롭다는 것쯤은 잘 알고 있었다.

"경이 선임이다. 신고식을 시작하도록!"

"충!"

이안은 자신이 전입신고를 하는 기사들의 선임이라는 말에 3열 횡대로 늘어서 있는 기사들의 맨 앞으로 나아갔다.

'살벌하네.'

사방으로 보이는 시선들이 장난이 아니었다. 이 자리에는 헥토르 후작과 참모장만 있는 것이 아니었다. 유심히 지켜보고 있는 수많은 장군과 각 사단의 인사 참모들이 눈을 부라리고 있는 것이다.

"일동 차렷!"

차착!

처음이라 긴장했는지 일사불란한 모습을 보이지 못했다. 차렷 구령에 착 소리만 나야 제대로 된 것이라 할 수 있었다.

"사령관님께 대하여 군례!"

"충!"

다행히 구호는 한목소리로 나왔다. 아카데미 4년을 놀면서 보내지는 않았다는 것을 확실하게 보여줄 수 있었다.

휘릭!

각이 살아 있는 제식 동작을 선보이며 이안이 신형을 틀어 후작을 보았다.

"충!"

"……."

후작은 군례를 받자 가슴에 오른 주먹을 가져다 대며 답했다.

"신고!"

"신고합니다! 베헤니아력 1310년 10월 11일부로 기사 이안 레이너 외 47명은 동부군단으로 배속을 명받았습니다! 이에 신고합니다!"

"쉬어!"

헥토르 후작이 고개를 살짝 흔들며 명령을 내렸다.

"쉬어!"

이안은 최대한 신속하게 몸을 돌려 동료 기사들에게 향한 후 말했다.

"일동 쉬어!"

"쉬어!"

동료 기사들이 모두 쉬어 자세를 취하자 얼른 뒤로 돌아서 그 역시 쉬어 자세를 취하며 후작의 훈시를 기다렸다.

"너희들은 이제 자랑스러운 동부군단의 기사들이다. 이곳 동부군단은 거대 제국인 로크 제국과 북쪽의 체이스 제국의 접점에 자리한 전략적 요충지를 담당하는 부대임을 명심해야 할 것이다. 이곳이 뚫리면 왕국은 끝이다."

동부군단과 기사로서의 소명감에 대한 후작의 훈화가 끝남으로써 신고식은 마무리되었다. 신고식이 끝나자 곧장 각 사단의 인사 참모들이 각 사단으로 배치된 기사들에게 다가왔다.

"경이 이안 레이너로군."

"충!"

은색 수실을 길게 늘인 정복을 보니 사단 인사 참모였다. 이미 총군지휘본부를 떠날 때 군단과 사단까지는 배속지를 알고 있었다. 인사 참모에 의해서 최종 근무지가 결정되어질 것이다.

"아아! 난 과한 예절은 좋아하지 않는다네. 사령관님께 배속 신고하는 것은 잘 보았네. 아카데미에서도 생도장이었다고."

"예, 그렇습니다!"

딱딱하게 느껴질 정도로 바짝 군기가 든 이안을 보며 인사 참모인 트란실 중령이 빙긋이 미소 지었다. 아카데미를 졸업하고 처음 발령받아 온 기사들이 보이는 모습이고, 자신도 첫 임지로 갔을 때의 기억이 떠올랐다.

"자, 다 모인 거 같으니 이만 가세."

"네? 어디를 말씀이십니까?"

"후후! 당연히 사단본부로 가야 하지 않겠나."

"아, 네."

"가지."

인사 참모인 트란실 중령을 따라 군단본부를 나서자 바깥에는 각 사단의 인사 참모들과 새로 동부군단에 배속된 기사들이 모여 있었다.

"현 군 편제상 처음 부임하는 기사들은 모두 최소 2년간 일선 전투부대의 장으로 복무해야 하네. 알고 있나?"

"예, 군 행정법 시간에 배워서 알고 있습니다."

이안의 대답에 트란실 중령이 그럴 줄 알았다는 듯이 말을 이었다.

"왜 그렇게 했다고 생각하나?"

"우선 첫 번째로는 병력을 지휘하는 능력을 배양하기 위해서입니다. 전쟁은 기사들의 칼싸움으로 승패가 좌우되는 것이 아니라 병력의 운영에서 좌우되기 때문입니다."

"좋다, 그게 첫 번째라면 두 번째는 뭔가?"

"솔직하게 말씀드려도 되겠습니까?"

"당연하네."

"고생 좀 해보라는 것이 두 번째 이유라고 생각합니다."

당돌한 대답이었다. 하지만 이제 귀족으로 분류되는 기사가 된 이들에게 이 정도의 고생은 약이 된다는 것을 트란실 중령도 익히 아는 바이다.

"후후! 알고 있군. 그게 정답이다. 귀족가에서 태어나 고생을 모르고 살아온 기사들에게 일선 부대를 지휘하며 일반 백성들의 삶을 조금이나마 체험해 보라는 건국왕 전하의 배려시다."

그래봐야 종자를 비롯하여 당번병까지 따라붙는 것이 기사 신분이다. 100여 명의 병사들과 부대끼며 간접 체험 정도는 할 수 있다는 것이 목적인 셈이다.

"그래서 말인데… 경을 욕심내는 곳이 상당히 많더군. 특히 군 작전상황실의 이튼 맥나마란 대령님은 편법까지 쓰려고 했을 정도로 말이야."

"그렇습니까?"

"그렇다네. 하지만 원칙은 원칙대로 지켜져야 한다는 사령관님의 뜻에 따라 자네 역시 일선 부대로 발령이 나게 되었네. 물론 2년이 지나면 바로 동부군 작전상황실로 가게 될 것일세."

"알겠습니다."

군단 작전상황실은 이안이 가기 꺼리는 곳 중 하나였다. 자칫 군에 뼈를 묻어야 할지도 모르는 곳이 그곳이기 때문이다.

"아무튼 경은 10641백인대로 발령 났네. 그곳에 종군마법사가 없어서 경이 갈 수 있게 된 거라네."

"종군마법사가 없습니까?"

"그렇게 되었네. 마침 경이 마법을 사용할 수 있는 마검사이기에 그렇게 되었다네."

"음, 알겠습니다."

종군마법사가 해야 할 일까지 자신이 하게 될 것이라 뭔가 손해 보는 느낌이다. 그러나 중령이 하는 말을 듣게 되자 생각이 바뀌게 되었다.

"고생은 되겠지만 꽤 보람은 있을 걸세. 그 부대는 인근 사냥꾼 마을에 관한 수조권을 가지고 있으니 말이야."

"수조권을 말씀이십니까?"

"그렇지. 부대 인근에 마을이 생성되어 있을 경우 영주 산하가 아니라면 부대에서 수조권을 행사한다네. 전쟁 시에는 장정들에 대한 징집권도 행사할 수 있는 자리지."

이안도 들은 바가 있었다. 국경의 부대 인근에 생성된 마을은 해당 부대의 장이 수조권부터 시작하여 모든 권한을 행사할 수 있었다. 국경 인근 작은 마을까지 관리를 파견할 수 없어서 생긴 고육지책이었다. 작은 마을의 세금이라고 해봐야 부대 운용비도 안 되는 돈이기도 했다.

"잘만 관리하면 승진 심사에 많은 보탬이 된다네. 예전에 어떤 기사는 부대 운용비를 모두 관리하는 마을에서 충당해서 승진하기도 했지. 뭐 그럴 일은 없겠지만 부대 운용비를 모두 충당하면 나머지 금액은 보너스로 지급되니 잘해보게나. 하하하!"

말은 저렇게 하지만 그것이 불가능하다는 것은 삼척동자도 알고 있다. 백여 호 남짓한 국경지대 화전민 촌에서 그 정도의 세금이 걷히지도 않겠거니와 만일 걷힌다고 하면 당장에 입김 센 놈들이 나눠먹으려고 달려들 것이 분명했다.

"그렇군요. 명심하겠습니다."

일단은 알았다고 대답하며 아무것도 모르는 척해야 했다.

다가닥 다가닥!

10641백인대가 주둔하고 있는 곳은 두 제국을 가로막고 있는 헬카이드 산맥의 끝자락에 위치한 작은 요새였다. 산이 너무 험해서 평지를 찾아보기 어려운 곳이었다.

"충! 10641백인대로 부임하신 것을 환영합니다!"

이안이 도착한 작은 요새 입구에서 보초를 담당하던 병사가 부동자세로 외쳤다. 일부러 목이 터져라 외치는 것을 보면 안쪽에 신호라도 보내는 것 같았다.

"반갑다. 이번에 백인대장으로 발령받은 기사 이안 레이너이다."

"중급병 한스입니다. 오신다는 연락은 받았습니다. 저기 있는 건물이 백인대 행정반입니다."

"그래? 수고하게."

"충!"

한스라는 무척이나 보편적인 이름을 가진 중급병에게 손을 흔들어준 후 이안은 행정반이 있는 건물로 들어섰다. 입구에 최하급 장교 십여 명이 모여 있었다.

'저 마스터 서전트가 부대의 실력자이겠군.'

가운데 서 있는 바위를 깎아놓은 것 같은 단단해 보이는 마스터 서전트에게서 무게감이 엿보였다. 오랜 세월 군에 몸담아 살아남은 자만이 보일 수 있는 연륜과 지금은 알기 힘든 기묘한 포스가 섞인 느낌이다.

"충! 새로운 백인대장님을 환영합니다. 저는 마스터 서전트인 험프리입니다."

"충! 반갑습니다. 백인대장으로 발령받은 기사 이안 레이너입니다."

이안이 존칭을 사용하자 험프리의 눈이 살짝 변했다. 세상 물정 모르는 초임 기사들은 서전트의 무서움을 모르고 까불기 일쑤이다. 그럼 그때부터 군 생활이 지옥으로 변한다는 것은 군을 조금 아는 사람이라면 누구나 아는 내용이다.

"1십인대의 조장을 맡고 있는 상급 서전트 피터입니다."

"2십인대 조장 중급 서전트 맥기입니다."

장교 정도로 생각했지만 전원이 서전트였다. 장교가 없는 부대라는 것에 조금 의아한 생각이 들었다.

"장교는 없는 겁니까? 왕국군 규범에 보면 백인대 구성은 캡틴 한 명에 그를 보조할 장교가 한 명은 있어야 하는 걸로 아는데."

이안의 물음에 마스터 서전트 험프리가 나섰다. 자기 단련이 대단하단 것은 그의 검게 탄 피부와 자잘한 흉터에서 찾아볼 수 있었다.

"이곳은 국경과 맞닿아 있지 않기에 장교보다는 서전트들이 더 낫다는 판단에 그리 된 겁니다."

장교, 특히 이안과 같은 기사들은 2년이 지나면 무조건 다른 곳으로 떠나야 했다. 그러나 서전트는 상황이 달랐다. 그들은 부대가 해체되지 않는 한 그 부대에 남을 수 있는 선택권이 존재했다. 오래 손발을 맞춰놓은 부대의 전투력이 높기에 그런 관례가 생겨난 것이었다.

"흐음, 산악지대에 위치한 부대이다 보니 몬스터 토벌과 정찰 임무를 맡아야 할 테니까 그렇군요."

헬카이드 산맥은 두 제국을 갈라놓은 산맥으로 알려진 것보다 몬스터들의 천국이라는 것 때문에 더 유명했다. 엄청난 자원이 매장되어 있을 거라 추측하지만 해마다 봄과 가을에 벌어지는 몬스터들의 습격은 접근하는 것을 불허하게 했다.

"그런 이유도 있습니다. 나머지 이유는 차차 겪어보시면 알게 되실 겁니다."

험프리는 가급적 말을 아끼려는 듯이 직접 겪어보라는 말로 대신했다.

"먼 길을 왔더니 조금 피곤하군요. 부대원들과의 인사는 내일 아침 점고 때 하는 게 좋겠습니다."

"그러시겠습니까? 그럼 그렇게 알고 준비하겠습니다. 제크!"

"충! 하급병 제크, 부르셨습니까?"

바짝 얼어 있는 제크라는 하급병은 신병으로 봐도 무방할

만큼 어리바리함이 엿보였다.

'이 소년병이 내 당번병?'

만약 제크가 당번병이라면 뭔가 잘못되어도 단단히 잘못되어 있는 것이다. 신임 백인대장에 당번병마저 신병이라면 눈과 귀를 막겠다는 의도가 다분했다.

"제크가 당번병으로 대장님을 모실 겁니다. 제크, 안내해드리도록!"

"충!"

제크는 바짝 긴장해 부대의 최고 책임자이자 기사인 이안을 안내했다.

샤락샤락!

느릿하게 넘어가는 서류에서 이안은 눈을 떼지 못했다. 부대에 관한 것을 파악하려면 제일 먼저 서류를 파악해야 했다. 벌써 세 번째 보고 있지만 아무런 하자가 보이지 않았다.

"리갈 마을은 107가구에 851명으로 구성되어 있고… 장정이 318명에 378명의 부녀자… 나머지는 노인과 어린아이들이라……."

세금 부과는 소득의 4할을 기준으로 거둬들였다. 하지만 국경이나 헬카이드 산맥에 자리한 마을들은 농사를 지을 수 없어서 호구지책으로 약초 채집과 수렵에 의존해야 했다.

'인원이 너무 많은데, 산골 수렵 마을치고는?'

세금도 너무 정확하게 낸다는 것도 마음에 걸렸다. 아무리 잘사는 마을도 세금을 못 내서 허덕이는 가구가 있어야 정상이 아닌가.

'인사 서류를 봐야겠군.'

처음 본 순간부터 의심하는 것이 미안했지만 마음에 걸리는 것이 많았다. 겉으로 보기에는 깨끗했지만 그 깨끗하다는 것이 사람 사는 냄새가 나지 않으니 문제였다.

"여기 있군."

서류에 적혀 있는 마스터 서전트인 험프리의 기록이 이채로웠다.

"실버스타 무공훈장을 비롯한 대소 훈포장이 37번이라……."

전쟁이 벌어지지 않은 지 50년이 넘어가는 시점이다. 물론 잦은 국지전이 빈번하게 일어나서 그때 전공을 세우면 훈포장을 받을 수 있었다. 그런 전투를 무려 40여 차례나 겪은 사람이라는 의미였다.

"소년병으로 입대해서 21년을 지내는 동안 40여 차례나 크고 작은 국지전에서 살아남았다……. 전투력은 최상급이고 이 부대에서 5년을 복무했군."

일반 병사의 전투력 측정으로 최상급이면 기사에 준하는

전투 능력을 갖추고 있다는 소리이다. 최상급의 소드 유저에 마나만 다룰 줄 알게 된다면 바로 기사 서임을 받을 수 있는 실력자였다.

"흠, 일단 지켜보는 게 낫겠군."

초장부터 건드려 봐야 아무런 이득이 안 되는 헛짓거리에 불과했다. 일단 부대 장악력에서 따라가지 못하니 자칫 하극 상이 벌어질 수도 있는 노릇이었다.

피잉! 쎄에에엑!

장궁에서 쏘아진 화살이 곡선을 그리며 날아갔다. 과녁의 정중앙에 정확하게 박히는 화살을 확인한 병사는 다음 화살 을 시위에 메겼다.

"곧 60년마다 돌아오는 대재앙의 날이 다가온다! 모두 정 신 똑바로 차리고 습사에 임하도록!"

"충!"

병사들을 닦달하는 것은 험프리였다. 그가 말하는 대재앙 의 날이 귀에 거슬렸지만 훈련 중에 토를 달 수는 없었다.

'대재앙이라……. 벌써 그렇게 됐나?

이안도 60년을 주기로 이루어지는 그랜드크로스에 대해서 들은 기억이 있다. 그랜드크로스가 벌어지는 해는 마물들의 준동이 극심하여 심각한 피해를 입는다고 알려져 있었다.

"피터! 맥기! 매가리 없이 그딴 식으로 할래! 오늘 밤새도록 굴려줄까?"

"아닙니다! 시정하겠습니다!"

최고 선임 서전트인 험프리의 갈구는 소리에 서전트들도 바짝 긴장했다. 이제 곧 그랜드크로스의 날이 다가오고 있고, 그날을 전후해서 보름 정도는 진짜 지옥 속에 빠지게 되어 있었다. 훈련만이 살길이라 이를 악물고 구르고 또 굴렀다.

'흠, 혼자 멀뚱하니 있기도 그렇군.'

백인대장이라고는 해도 부대원의 관리는 마스터 서전트인 험프리가 맡는 것이 당연했다. 이안이 해야 할 일이라면 서전트 이상의 간부들을 다독이고 이끄는 일이었다.

스르릉!

이안은 하얀 검신의 애검을 뽑아 들었다. 아카데미를 5등으로 졸업하면서 받은 국왕의 하사품이다. 10등 이내의 기사에게는 미스릴이 약간 섞인 왕국 제일의 검장이 만든 검이 주어졌다. 그 검을 가볍게 쥔 채 서서히 움직여 나갔다.

쉬익! 쉬릭!

각 나라마다 기사 아카데미에서 중점적으로 가르치는 검술이 있었다. 그중에서 락토르 왕국은 체스트 24식이라는 검술을 기사들의 기본 검술로 지정하여 가르쳤다. 체이스 제국의 트리뷰트 검술은 변화가 심하고 상당히 선이 아름다운 검술로 유명했다. 이에 반해 로크 제국의 미들튼 검술은 묵직하고 중장갑을 패용한 기사들을 상대하기 위한 패도적인 검술이었다. 체스트 24식은 딱 그 중간 정도에 해당하는 검술로 실용적인 면을 강조했다.

"타핫!"

스텝을 밟아 나가며 베고 회전하며 반원을 그려 후려쳤다. 자세를 낮춰 적의 검세를 피하는 동작을 취한 후 곧장 찌르기로 마무리했다.

'속도의 가감으로 변화를 일으킨다!'

항상 똑같은 속도로 검을 휘두르는 것은 어리석은 짓이었다. 결정적인 순간에 폭발적인 스피드를 내면 결코 적은 막아내지 못한다. 항상 같은 스피드라면 적은 그만큼 쉽게 막아낼 수도 있다는 의미이다.

쉬잇! 쎄엑!

베고 찌르고 후리는 동작이 한없이 여유롭게 흘러가는 강물처럼 이어졌다. 그러다 어느 순간 폭포가 떨어지듯 맹렬해졌다가 격류가 바위에 부딪치며 만들어내는 소용돌이처럼 연무장을 휩쓸었다.

취릿!

"후웁!"

이안은 체스트 24식을 모두 펼쳐낸 후 마나를 자연스럽게 흩었다.

짝짝짝짝!

험프리를 비롯한 서전트들이 박수를 치며 말했다.

"정말 대단한 검술입니다. 체스트 24식을 그런 식으로 풀이할 수 있다니 한 수 배웠습니다."

험프리가 하는 말에 이안은 약간 놀랐다. 체스트 24식은 기사들의 검술로 서전트인 험프리가 배워도 되는 그런 검술은 아니었다.

"이 검술을 아십니까?"

"예전에 할리슨이라는 대장님께 배운 적이 있습니다."

할리슨이라는 기사가 가르쳤다는 말에 이안은 자신이 모르는 사연이 있을 거라 생각했다. 그러나 기사들이 검술을 함부로 가르치지 않는다는 것을 생각하자 의아해졌다.

'나야 체스트 24식 말고도 가전의 검술인 렉시온 6식이 있으니 괜찮다지만…….'

검술이 알려져서 좋을 것은 아무것도 없었다. 하여 기사들이 함부로 검술에 대해서 알려준다는 것은 있을 수 없었다.

"하하하! 부대원이 강해지면 좋은 일 아니겠습니까? 할리슨 경은 그런 면에서 보면 참으로 대범한 기사님이셨죠."

검술을 가르친 할리슨은 대범한 기사이고 의심하는 너는 좀스러운 기사라는 타박이었다. 이안은 묘하게 갈구는 험프리를 보며 인상을 굳혔다.

"대범한지는 모르겠지만 체스트 검술은 왕국 기사들의 기본 검술입니다. 그걸 다른 이에게 가르쳤다는 것을 보면 보안 의식은 제로였던 모양입니다. 자칫 타국에 넘어가 자국의 기사들을 위험에 빠뜨릴 수도 있는 행위이니 말입니다."

이미 체스트 검술은 다른 나라에서도 익히 알고 있는 검술이었다. 아무리 그렇다고 해도 직접 가르치는 것은 해서는 안 될 행동으로 분류해야 했다.

"이미 타국에서도 익히 알고 있는 검술입니다. 그걸⋯⋯."

"그래서요? 군 주둔지를 적이 알고 있다고 해서 그걸 말하면 죄가 아니랍니까?"

이안의 말에 험프리는 말문이 막혔다. 군 주둔지에 대해서 말한다면 그건 2급 기밀 누설죄로 최소한 정직 처분이었다.

"그런⋯⋯. 휴우, 제가 실수했습니다."

뒤로 한발 물러서는 험프리의 모습에서 이안은 자기 수양이 대단하다는 느낌을 받았다. 지금 상황은 자신이 일부러 억지를 부린 면이 있었다. 험프리의 반응을 떠보려는 것인데 그가 사과를 하며 물러서 버린 것이다.

"아닙니다. 저 역시 과한 면이 있었습니다."

상대가 사과를 하는데 더 나간다면 그것도 문제가 된다. 선후가 어찌 되었든 더 몰아붙이면 그때는 자신이 못났다고 광고하는 것밖에 안 되었다.

"이안 대장님의 검술을 보니 기존에 알고 있던 체스트 검술과는 약간 다른 느낌을 주는군요."

험프리가 주제를 돌렸다. 아주 안 볼 사이도 아니고 계속해서 봐야 할 사이인지라 분위기를 전환하기 위함이다.

"마나 수련법과 관련이 있습니다. 체스트 검술은 체스트 마나 수련법이 있습니다만… 나는 가문의 비전 마나 수련법이 있어서 그것에 맞춰서 검술을 약간 변형시킨 겁니다."

형과 식을 바꾼 것은 아니었다. 특유의 마나 수련법에 맞춰서 검술의 강약 조절을 바꾼 것이다. 그러나 그것만으로도 확연하게 달라진 체스트 검술이 되어 있었다. 차분할 때는 더욱 차분해지고 강해야 할 때는 더욱 강한 검술이 탄생한 것이다.

"그렇군요. 매우 욕심나는 검술입니다. 하하하!"

험프리가 욕심을 내며 웃자 서전트들도 덩달아 눈빛을 빛냈다. 강해지는 것에 대해서 욕심내지 않을 군인은 세상 어디에도 존재하지 않았다.

"자자! 이럴 것이 아니라 방어 훈련을 다시 시작하지! 소드맨 투입! 파이크맨은 후위로!"

"충!"

타다다다다닥!

험프리가 훈련을 재개하자고 소리치며 명령을 내렸다. 신속하게 방패와 검을 든 병사들이 일렬로 나서고, 그 뒤를 창을 든 병사들이 도열했다.

"전방에 오크 50마리가 출현했다. 8조부터 사격!"

"충!"

피피피피피피핑!

궁병은 30명이었다. 8조부터 10조의 십인대가 궁병이었는데, 그들이 순차적으로 화살을 날렸다. 빠르게 연사하는 솜씨로 보아 대부분이 숙달된 궁수라는 것을 알 수 있었다.

'궁수는 적어도 1년 이상 훈련해야 하는 병과다. 저들은 대부분 고참병들로 이루어져 있다.'

궁수는 활과 화살이 든 전통, 그리고 중간 길이의 검으로 무장했다. 원거리에서는 활로 사격하다 적이 근접하면 검을 들고 싸우게 되어 있었다. 다만 활을 쏘아야 하기에 방어구에 취약성이 있어 근접 전투에 적합하지는 않았다.

"충돌한다! 방패로 막아!"

험프리의 명령에 병사들은 몸을 전부 가릴 정도로 큰 타워실드를 단단히 고정시키며 몸으로 버텼다.

"파이크병 공격!"

"이야아아!"

"죽어라!"

파이크를 든 병사들은 방패를 든 소드맨들이 버티는 머리

위로 파이크를 내려쳤다.

"오크들이 죽어간다! 소드맨, 밀어붙여!"

"영차! 영차!"

소드맨들은 구령에 맞춰 방패를 앞으로 밀었다. 오크들을 밀어내며 균형을 무너뜨리는 훈련이었다.

'훈련은 잘 되어 있군. 몇몇 신병들이 걱정이긴 하지만……'

그랜드크로스가 벌어지는 날을 기점으로 보름간은 몬스터들의 거센 공격이 벌어질 것이다. 그때 살아남으려면 훈련을 피터지게 해야 한다. 앞으로 석 달 정도 남은 시점이니 시간은 충분했다.

우웅!

수정구가 울렸다. 하루에 두 번, 아침과 저녁때 이루어지는 상황 보고를 위한 것이다.

"통신 개방!"

지이이잉!

이안이 마나를 불어넣자 곧장 수정구에 상대편 마법사의 얼굴이 나타났다. 일렁거리는 마나로 인해 정확한 모습은 볼 수 없었다. 그래도 매일 보는 것이라 상대가 누구인지는 알 수 있었다.

"10641 이안 레이너입니다."

—마텔일세. 별일 없는가?

사단 마법통신실의 마텔이라는 마법사였다. 4서클의 유저인 마텔은 평민 출신으로 준남작에 준하는 대우를 받았다. 계급으로 따지자면 소령급의 군무원이라고 할 수 있었다.

"오늘도 똑같습니다. 이렇게 한적한 산골짜기에 별다른 일이 있으면 그게 이상한 거죠. 후후!"

—하하하! 그쪽이야 몬스터들의 습격만 없다면 진짜 지상 천국이지.

마텔도 10641백인대가 주둔하고 있는 작은 요새에 대해서 알고 있었다. 사냥꾼 마을을 관리하며 헬카이드 산맥에서 내려오는 몬스터들만 막아내면 되는 곳이었다. 가끔 헬카이드 산맥을 넘는 두 제국의 밀정들이 있었지만 하도 험한 곳이라 그런 시도는 점점 줄어들고 있었다.

"당분간 그랜드크로스에 대비한 타격 훈련을 실시할까 하니 그것에 대한 지침을 내려달라고 보고해 주십시오."

—아! 그건 백인대장의 재량에 맡기겠다는 말이 있었네. 아마 모레쯤 일선 부대에 하달될 것인데 미리 해도 상관없을 걸세.

수비에 관한 것은 요새 내에서 할 수 있는 훈련이었다. 하지만 타격 훈련은 요새를 비우고 밖으로 나가는 훈련을 의미했다. 상부에 보고 없이 부대를 움직이는 것은 자칫 심각한 문제를 초래할 수 있었다.

"그렇다면 다행이군요."

─하하! 그럼 그렇게 알고 통신을 끝내세. 다른 부대에도 통신을 돌려야 해서 말일세.

"알겠습니다. 그럼 수고하십시오."

이안은 마법 수정구에서 마나를 회수했다. 보랏빛의 수정구는 이내 마나가 사라진 평범한 수정 구슬로 변해 버렸다.

이안은 험프리가 무엇을 하던 크게 관심 두지 않았다. 아니, 주시는 하지만 자신에게 피해를 주는 일만 아니라면 묵인할 생각이었다. 어차피 복무 기간만 끝나면 자유기사로 세상을 돌며 힘을 키우기 위한 수련 여행을 할 생각이다. 스스로 생각하기에 빌어먹을 왕국이라고 칭하는 락토르 왕국에 대한 충성은 보통의 사람이 가지는 정도였다.

"갑자기 타격 훈련이라니 무슨 일이 있습니까?"

험프리는 질문하며 약간 걱정스런 표정을 짓고 있는 1조장을 힐끗 보았다. 다른 부하들도 그와 같은 표정을 하고 있는 것에 테이블을 탁탁 치며 말했다.

"군기 좀 잡겠다는 뜻일 거다. 요새 밖으로 나가본 적도 없는데 우리가 하는 일을 어찌 알겠느냐."

"그건 그렇습니다만……."

걱정스러운 것은 사실이었다. 자신들의 일을 감추기 위해 통신마법사를 제거했다. 그 다음에 온 것이 하급 마검사이지만 정통 기사 아카데미를 졸업한 이안이다. 그런 그의 돌출 행동이 마음에 걸린 것이다.

"쫄지 마. 우리가 하는 일은 절대 모를 테니까. 또 안다고 해도 회유해 보고 아니면 죽여 버리면 그만이야. 그간 모은 돈만 해도 제국으로 넘어가면 평생 떵떵거리며 살 수 있다."

험프리는 자신의 배후에 있는 사람을 생각하며 그럴듯하게 이야기했다. 만약의 상황이 벌어지게 된다면 자신의 배후가 나서서 일을 무마해 줄 것이다.

"그야… 하아!"

1조장의 한숨은 전염이라도 된 듯이 모여 있는 다른 두 명의 조장에게 퍼져 나갔다.

"후우!"

"가족들이 걱정입니다. 하아!"

하지만 몇 년만 숨어 지낸다면 평생을 호강시켜 줄 수 있는 돈이 자신들의 수중에 있다는 것은 분명했다.

"아참, 이번 달 배당은 얼마나 됩니까?"

걱정은 걱정이고 자신들에게 주어질 몫에 관심이 쏠렸다.

"흐흐! 여기 있다."

험프리가 건네는 작은 가죽 주머니가 세 조장에게 전해졌다.

"묵직한데요?"

"이백 골드씩이다. 하급 마나석이라 가격을 많이 쳐주지 않더라고."

험프리의 말에 모두가 그러려니 하는 반응을 보였다.

"그나저나 아깝기는 합니다. 광산으로 개발하면 진짜 대박일 텐데요."

1조장인 피터가 푸념처럼 하는 말에 험프리가 고개를 저었다.

"그곳은 엄밀하게 말하면 제국 쪽에 더 가깝다. 비록 각국의 경계 밖이라 영유권을 주장할 수 없겠지만 설령 우리가 개발한다고 해도 문제가 되지. 제국에서 침공할 명분을 줄 수도 있어."

험프리는 지금이 가장 좋은 상태라는 것을 알고 있었다. 국력으로 제국에 상대가 되지 않는 상황에서 마나석 광산이 발견되면 그야말로 전쟁이 나도 몇 번은 날 상황이 되어버린다.

왕국에서도 그런 상황이라면 마나석 광산을 포기하고 묻어버리는 것을 택할 것이다. 그리고 그 비밀을 지키기 위해 자신들 같은 하급의 서전트들은 그날로 지워지게 될 것이다. 그러니 지금처럼 배후에 버티고 있는 이들에게 상납하고 남은 것을 나눠 가지는 것이 최선이었다.

"지금은 이렇게 잠채하는 것으로 만족해. 더 이상 욕심냈다가는 그 얼간이 마법사처럼 되는 거야."

자신들의 손에 죽은 마법사도 과한 욕심을 냈기에 죽임을 당한 것이다.

'일 년만 더 하고 손 털고 떠나는 거다. 일 년만 더.'

험프리는 그간 윗전에 상납하고 몰래 꼬불쳐 놓은 돈을 생각했다. 부하들에게 조금씩 나눠 줬음에도 8만 골드가 넘는 엄청난 돈이 쌓여 있다. 1년만 더 한다면 얼추 10만 골드는 될 것이고, 그 돈이면 제국으로 넘어가 편안한 노후를 보낼 수 있었다.

'두고 보면 알겠지. 거절하면 훈련 중에 죽이는 수밖에.'

험프리는 이안을 회유해 보고 안 되면 죽일 생각이다. 실력이 안 된다고 해도 산악 훈련 중에 죽이는 방법이야 많고 많았다. 간단한 예로 높은 곳에서 밀기만 해도 죽어나가는 곳이 바로 산이었다.

요새를 나와 두 개의 능선을 넘었다. 짙은 초록과 오랜 세월 동안 쌓인 낙엽으로 인해 보이는 것은 오직 두 가지 색이었다. 초록과 황토색으로 물들어 있는 숲을 지나 세 번째 능선이 나타나자 험프리가 손가락을 앞으로 내밀며 말했다.

"피터, 저쪽 전방을 수색해. 혹시 몬스터들이 나올지도 모르니까."

"알겠습니다. 1조 수색 대형으로!"

피터가 조원들을 이끌고 수색에 나섰다. 그 뒤를 느릿하게 따르며 사주 경계를 하는 병사들을 이안이 이끌었다.

"능선을 두 개나 넘었는데 몬스터가 보이지 않는군요."

이안의 말에 험프리는 별것 아니라는 듯이 말했다.

"원래 봄과 가을로 위력 정찰을 합니다. 이번 해는 그랜드 크로스가 일어나는 해라 봄에 지원을 받아서 했지요. 그리고 부대가 있는 곳은 몬스터들도 기피합니다."

그랜드크로스가 일어나는 해는 대재앙의 해라고 하여 몬스터들의 준동이 극심했다. 백인대는 맡은 구역을 미리 정찰하고 줄여놓을 수 있는 것은 공격하여 줄이는 임무를 수행했다. 특히 이안이 속한 백인대는 국경이 헬카이드 산맥으로 인해 떨어진 곳이라 몬스터에 대한 대비만 하면 되었다.

호로로롱!

새소리와 비슷하게 만들어진 호각 소리에 이안의 눈빛이 변했다. 수색을 나선 병사들이 있는 곳에서 들린 호각 소리였다. 미지의 위험이 존재한다는 신호이니 기사인 자신이 먼저 나서야 했다.

"갑시다!"

"그러지요."

험프리는 이안이 검과 방패를 든 채 앞으로 뛰어가자 그 뒤로 빠르게 나서며 외쳤다.

"방어 대형으로!"

"충!"

병사들이 방어 대형이라는 말에 방패를 앞세운 채 밀집 대형을 만들었다. 맨 후미의 궁병들은 언제라도 화살을 날릴 수 있도록 준비했다.

타다다다닷!

이안의 걸음이 무척이나 민첩하게 이루어졌다. 육중한 플레이트 메일을 걸치고도 마스터 서전트인 험프리가 따라잡지 못할 정도로 빨랐다.

"무슨 일인가?"

마스터 서전트인 험프리에게는 군 경험을 존중하는 차원에서 존대를 해주었지만 나머지 서전트들은 아니었다. 기사는 귀족의 신분이고 평민인 그들에게 자연스럽게 하대를 해야 했다.

"저길 보십시오."

능선 중간 지점의 바위에 숨어 있는 피터가 능선의 정상에서 왼쪽으로 약간 치우친 곳을 가리켰다.

'저기에……'

마나를 다루게 되면 오감이 비약적으로 발달하게 된다. 시각은 특히 발달되어 1km 밖의 사람이 대강 어떻게 생겼는지까지 파악할 수 있었다.

"고블린 무리로군."

"군락을 이룬 것처럼 보입니다. 지난봄에 위력 정찰을 했을 때는 없던 겁니다."

"눈치 못 챘겠지?"

험프리가 어느새 따라와 물었다.

"물론입니다."

고블린은 몬스터 중에서 가장 약하다. 그러나 인간으로서는 따라갈 수 없는 재빠른 움직임과 독침을 날리는 공격은 상당한 위험을 감수해야 했다.

'숫자가 관건이다. 백 마리를 넘어가면 후퇴하는 것이 좋다.'

아무리 자신이 마법을 사용할 수 있는 하급 마검사라지만 백 마리의 고블린을 상대로 싸운다면 자칫 피해를 볼 수 있었다. 토벌은 해야 하지만 첫 훈련부터 사상자가 생긴다면 그건 또 부대 운용에 차질을 가져올 것이다.

"잠시 대기!"

이안은 나직하게 명령을 내린 후 곧장 마법을 캐스팅했다. 가까운 거리라면 위저드 아이로 고블린 부락을 살필 수 있었다.

"위저드 아이!"

우웅!

마법으로 만들어진 마법의 눈이 허공중에 나타났다. 2클래스의 마법으로 가까운 거리에 있는 무언가를 찾을 때 사용하는 마법이다.

'십… 이십… 새끼를 빼면 대략 오십 마리쯤 되겠군.'

고블린의 이빨은 온통 송곳니뿐이다. 한 번 물리면 사람의 팔은 간단하게 끊어버릴 정도로 날카롭다. 하지만 기습하는 거라면 충분히 해볼 만했다.

"험프리 수석님."

"네, 말씀하십시오."

"기습 공격을 가합니다. 숫자는 오십 마리 정도로 3조와 9조, 그리고 10조가 우회해서 배후를 공격하는 것이 좋겠습니다. 1조와 2조가 방패를 들고 시선을 끄는 틈을 노리면 피해 없이 처리 가능할 겁니다."

3조는 검과 방패를 사용하는 검병이고, 9조와 10조는 장궁을 사용하는 궁수이다. 뒤에서 기습하는 것이기 때문에 궁수들의 안전을 위해 시선을 뺏어줄 필요가 있었다.

"파이크맨들은 어떻게 합니까?"

고블린이 날리는 독침에 무방비한 것이 파이크병이다. 검병들은 방패를 앞세우고 막아내면 그만이지만 파이크병들은 그 흔한 라운드 실드도 갖추고 있지 않았다.

"소드맨들이 돌격해서 난전으로 유도한 다음 바로 이어서 돌격합니다. 선공은 물론 아처들입니다."

오크만 해도 화살 한 방에 안 죽는 경우가 많았다. 그러나 고블린은 몸집이 작아서 화살 한 방에도 즉사하는 경우가 많아 원거리 공격으로 선공을 하는 것이 가장 효과적이었다.

'그리고 내가 파이어 볼을 사용한다면 절반까지는 무력화가 가능하겠지.'

이안은 자신이 파이어 볼을 쓸 거라는 말은 하지 않았다. 일단 상황을 보면서 쓸지 안 쓸지를 결정할 것이다. 험프리가 의심스러운 상황에서 자신이 3서클 유저라는 것을 알려줄 필요는 없었다.

호롱! 호로롱! 호롱!

새의 울음소리를 완벽하게 재현해 낸 호각 소리로 신호를 주고받았다. 뒤로 돌아간 우회 조가 자리를 잡았다는 신호에 이안은 험프리에게 말했다.

"셋을 세면 공격합니다. 하나! 둘! 셋!"

"와아아아아아!"

험프리가 먼저 괴성을 지르며 앞으로 달려 나갔다. 방패를 든 소드맨들이 일제히 튀어나가고 그 뒤에 앉아 있던 궁수들이 동시에 일어나며 시위를 당겼다.

피피피피피피핑!

스무 명의 궁수가 일제히 화살을 날리자 고블린 부락은 갑작스런 공격에 난리도 아니었다.

"키에에에에!"

"크라라락!"

고블린은 인간이 공격해 왔다고 그네들의 말로 소리를 지르며 독침이 장전된 대롱을 들고 뛰어나왔다.

"방패, 앞으로!"

험프리가 맡은 것이 소드맨들을 지휘하여 돌격하는 임무였다. 이안은 가만히 험프리가 하는 모습을 지켜보았다.

'적어도 최상급 유저의 실력이다.'

마나를 검에 입히지 못하는 것을 보면 마나 연공법을 익히지 못한 것이 분명했다. 하지만 마나 스캔을 했을 때 자연적으로 쌓여 있는 마나의 양은 능히 익스퍼트의 수준으로 올라갈 수 있는 양이었다.

"신호를 보내라! 배후를 공격한다!"

"충!"

호로로로로롱!

이미 소드맨들을 향해 고블린들이 대거 내려온 상황이다.

배후가 텅 비어 있기에 뒤로 돌아가 있는 별동대가 나서야 할 때였다.

"와아아아!"

"고블린을 쓸어버려라!"

별동대가 일제히 화살을 날리며 능선의 정상에서 치고 내려왔다. 갑작스런 별동대의 공격에 소드맨들을 공격하려고 하던 고블린들이 우왕좌왕했다. 여성체 고블린과 새끼들이 고스란히 인간 병사들에 의해 죽어나갈 것을 염려하여 뒤로 돌아서려는 모습을 보인다.

"매직 에로우!"

이안은 여섯 개의 매직 에로우를 만들어냈다. 고블린을 상대로 그 이상의 마법을 사용하는 것은 마나 대비 효율이 떨어졌다.

슈웅! 파팡!

선두에서 달려오던 고블린이 매직 에로우에 격중당해 그대로 뒤로 날려갔다. 매직 에로우의 파괴력은 보잘것없지만 그것도 마법 중에서 약한 것이지 일반 사람이 맞으면 자칫 즉사를 면하지 못할 위력이 담겨 있다.

"매직 에로우! 매직 에로우!"

계속해서 매직 에로우를 날리며 달려가는 이안의 무빙 캐스트에 험프리의 눈이 일렁거렸다. 검술은 보지 못했지만 수련을 할 때 느낀 감으로는 익스퍼트 초급은 넘어선 실력으로 보였다.

'죽일 수 있을까?'

고블린을 상대하는 것은 문제도 아닌 상황이다. 별동대가 기습을 가하여 앞뒤로 포위한 탓에 고블린은 스스로 붕괴되어 가고 있었다.

"타앗!"

쉬잇! 서걱!

이안의 검이 고블린 한 마리의 목을 거침없이 잘라냈다. 물이 흐르듯이 부드러운 검술이 이어지는데, 반원을 그리며 베어냈다가 번개처럼 찌르는 동작이 연환으로 이루어졌다.

"대장님과 보조를 맞춰라! 파이크병 돌진!"

"와아아아!"

이안의 실력에 힘을 얻은 병사들이 더욱 맹렬하게 고블린을 향해 공격을 퍼부었다. 이미 독침을 들고 있던 고블린들은 이안과 방패를 든 소드맨들에 의해 정리가 된 상황이다. 독침을 재장전할 시간을 주지 않고 파이크맨들이 밀려들자 순식간에 고블린이 죽어나갔다.

"키아아아!"

"키에에엑!"

고블린들은 더 이상은 어렵다는 것을 느꼈는지 사방으로

뿔뿔이 흩어져 도망치려 했다. 벌써 반이 넘게 죽은 탓에 도망치는 고블린의 숫자는 20마리가 채 되지 않았다. 나머지는 새끼들과 여성체 고블린이었는데 그들은 별동대에 의해 무참히 도륙당하고 있었다.

"놈들이 도망간다! 쏴라! 한 마리도 놓쳐서는 안 된다!"

"충!"

아처들은 이안이 고블린을 베어내며 지르는 소리에 복명하며 일제히 화살을 날리기 시작했다.

피핏! 파파팍!

아처들이 날린 화살이 도망가는 고블린들의 작은 등판을 꿰뚫었다.

"바인딩! 바인딩!"

이안은 한 마리도 놓치지 않겠다는 생각에 연속으로 바인딩 마법을 사용했다. 마나가 고블린의 몸을 포박하자 붙잡힌 고블린들은 괴성을 지르며 몸부림쳤다. 살기 위해 발버둥을 쳤지만 그들에게 남은 것은 날카로운 검날이었다.

"키륵!"

마지막 남은 고블린의 목을 꿰뚫은 검날을 빼내며 2조의 조장인 맥기가 외쳤다.

"마지막 고블린의 목숨을 끊었습니다!"

맥기의 보고에 녹색 피가 곳곳에 묻어 있는 현장을 보며 이안이 말했다.

"수고했다. 모두 고블린의 사체를 한곳에 모으고 뒤처리를 하도록."

"충!"

고블린의 사체도 제법 비싸게 거래되었다. 마법에 사용하는 물품 중에 고블린의 피와 뼈가 속해 있었다. 거액은 아니더라도 병사 개인에게 돌아갈 금액이 족히 1골드는 넘어갈 것이다.

"이쯤에서 타격 훈련을 마치는 것이 어떻겠습니까?"

험프리는 고블린 부락을 초토화시켰으니 이만 돌아가자고 했다. 몇몇 병사들이 고블린이 날린 독침에 맞아 움직이지 못하게 된 것을 감안하면 돌아가는 것이 맞았다.

"부대에서 얼마 떨어지지 않은 이곳에 고블린의 부락이 있었습니다. 다른 곳은 어떤지 파악하는 것이 나중을 위해서 좋다는 판단입니다."

이안의 말에 험프리는 속이 타들어갔다. 자신들이 마나석을 잠채하고 있는 곳은 헬카이드 산맥에서 시작되는 리오스 강이다. 리오스 강의 수원이 시작되는 지점이라 강이라고 하기에는 뭣한 작은 하천 정도였다. 마나석이 매장된 곳에서 하천으로 쓸려 내려온 것을 잠채하는 것인데 야영을 하게 되면

물이 있는 하천 쪽으로 이동할 가능성이 농후했다. 마법을 다루는 이안이라면 능히 그 하천에서 마나석의 존재를 파악할 수 있을 것이다.

"부상당한 병사들도 있고 야영은 무리입니다. 전시도 아니고 일단 요새로 복귀하여 병력을 추스르는 것이 좋겠습니다."

최대한 좋게 말을 하지만 이안의 의견에 반대하는 말이다.

"부상병은 호위조를 붙여 요새로 복귀시키세요. 부대 바로 옆에 고블린 부락이 생길 정도라면 얼마나 더 많은 몬스터들이 접근했을지 모를 일입니다. 곧 플루토의 날이 다가오는데 그 이전에 몬스터의 동향을 파악하는 것이 중요합니다."

플루토의 날은 그랜드크로스가 벌어지는 보름 동안을 지칭하는 것으로 악마인 플루토가 강림하여 세상을 피로 물들인다고 하여 그렇게 부르는 것이다.

"끄응!"

험프리는 하천 쪽으로 가야 할지도 모른다는 생각에 입술을 잘근 깨물었다. 마나석은 겉보기에 보석처럼 빛나는 돌 모양이다. 물속에서 찾기 어려워 잔채를 한 구간이라도 남아 있을 확률이 컸다. 마나에 민감한 마법사라면 마나 때문에라도 찾아낼 수 있었다.

'별수 없다. 헬카이드의 배꼽 쪽으로 몰아가는 수밖에.'

헬카이드의 배꼽은 헬카이드 산맥의 지류에 있는 거대한 구멍이다. 깊이만 해도 수백 미터에 이르는 헬카이드의 배꼽은 기다란 폭포가 멋진 풍광을 자아내는 곳으로 리오스 강의 수원지이기도 했다.

'그곳에서 밀어버린다면… 인간인 이상 살아남을 수는 없을 것이다.'

험프리는 독하게 마음먹고 입을 열었다.

"알겠습니다. 몬스터들이 둥지를 틀 가능성이 큰 곳으로 방향을 잡도록 하겠습니다. 피터!"

험프리는 말을 마침과 동시에 1조장인 피터를 불렀다.

"부르셨습니까?"

조장들끼리 모여서 이야기를 나누던 피터가 험프리의 부름에 즉각 반응하여 달려왔다.

"한스에게 부상병을 데리고 요새로 돌아가라고 해. 나머지는 헬카이드의 배꼽 쪽으로 이동한다."

"배, 배꼽 말입니까?"

피터는 배꼽이라는 말에 깜짝 놀랐다. 헬카이드의 배꼽은 풍광이 좋기는 하지만 무척 위험한 곳이었다. 깎아지른 듯한 절벽을 지나야 하고 숙영할 곳도 마땅치 않았다. 특히 어느 정도의 몬스터가 튀어나올지 가늠할 수 없는 곳이 바로 헬카이드의 배꼽이었다.

"그곳이 몬스터가 많은 곳이니 그곳을 정찰하면 대강 몬스터의 숫자가 파악될 것이다. 그러니 그렇게 알고 움직여!"

"네? 넵!"

피터는 험프리의 눈빛에서 독사와 같은 잔인함을 느꼈다. 전에 잠채하는 것을 알아낸 마법사를 죽일 때 보이던 그 눈빛이었다.

"헬카이드의 배꼽이라……. 그곳이 어딥니까?"

이안이 묻자 험프리는 틈틈이 만들어놓은 요새 부근의 지도를 꺼냈다.

"이곳입니다."

험프리가 보여준 지도는 약식으로 등고선까지 갖추고 있어서 어느 정도의 높이를 가졌는지 알 수 있었다. 정확한 것은 아니라도 대강의 높이를 가늠하는 척도는 되었다.

"산맥 쪽으로 5km를 더 들어가야 하겠군요."

"그렇습니다. 하지만 배꼽의 남쪽 시작점에 도착하면 야영할 곳이 있으니 그곳까지 들어가면 될 겁니다."

남쪽 시작점에서 시작하여 지름 20km가 넘는 거대한 공동이 헬카이드의 배꼽이었다. 아래쪽은 온갖 몬스터가 득시글거리는 곳이라 인간은 들어가지 못하는 곳이기도 했다.

'지도로 보기에는 유성이라도 떨어진 흔적 같은데…….'

지도에 보이는 것은 헬카이드 산맥의 지류가 끝나는 지점에 거대한 분지가 생겨난 형태였다. 하지만 분지라고 하기에도 이상한 것이 500미터 이상 되어 보이는 깎아지른 듯한 절벽이 생성되어 있다. 거대한 유성이 떨어져 산맥에 대규모 임팩트 크레이터가 만들어진 모양이다. 그리고 오랜 세월이 지나 크레이터 자리에 폭포가 만들어지고 갖가지 기암괴석이 늘어서게 된 것이다.

다만 유성에 의해서 만들어진 크레이터라면 상관없지만 그것이 인위적인 것이라면 문제였다. 저 정도의 엄청난 파괴력을 지닌 마법은 세상에 존재하지 않기 때문이다.

인간이 만들어낼 수 있는 가장 강력한 마법이라는 헬파이어로도 반경 20km에 달하는 초거대 크레이터를 만들어내지 못하기 때문이다. 지도에 보이는 크레이터를 만들어낼 정도의 파괴력이라면 헬파이어 백 발을 한꺼번에 터뜨려도 될까 말까 한 것이다. 크레이터에 대한 생각을 하는 동안 어느새 헬카이드의 배꼽이라고 불리는 거대한 크레이터에 도달했다.

"대장님, 저 길을 지나가야 합니다."

"저곳에 길이 있다는 말씀이십니까?"

이안은 길이라는 말에 험프리가 가리킨 곳을 바라보았다. 아무리 보아도 길이라고 하기에는 모호했다. 낭떠러지에 간신히 한 사람이 간신히 지나갈 수 있는 작은 길이 만들어져 있었다.

"지난 이백 년 동안 선배님들께서 만들어낸 길입니다. 저 길을 통해서 올라가면 백인대가 안전하게 주둔할 수 있는 분지가 나옵니다."

지도상에는 표시되어 있지 않았지만 험프리가 그렇다고 주장하니 믿을 수밖에 없었다.

"알겠습니다. 그럼 길 안내를 부탁드립니다."

이안이 말하자 험프리는 자신이 먼저 앞으로 나가며 말했다.

"같이 가시죠. 이런 곳은 대장님께서 솔선수범을 보이시는 겁니다."

"그런가요? 흠!"

왜 솔선수범을 보여야 하는지는 모르겠지만 일단 안내는 험프리가 맡았으니 따라줘야 할 것 같았다.

"가시죠."

"그럽시다."

이안은 뭔가 이상하다는 느낌만 가진 채 험프리의 뒤를 따라 소로로 접어들었다.

2장

추락, 그리고 생존

밧줄이 길게 이어져 있는 헬카이드로 가는 능선의 선두에서 이안은 조심스럽게 움직였다. 오러 익스퍼트 중급에 오른 검사들의 균형 감각은 일반인의 몇 배에 이를 정도이지만 조심해서 나쁠 것은 없었다.

'맥기, 부대원들의 발을 늦춰!'

험프리 수석은 수신호로 맥기에게 명령을 하달했다. 그들도 오는 동안 마나석 잠채에 관한 사안이 들킬 것을 염려하여 이미 이안을 제거하기로 마음먹은 상태였다. 닳고 닳은 자라면 오히려 배후를 밝히며 협박이라도 할 수 있지만 초짜 기사는 여전히 정의감에 불탈 때라는 것이 그 이유였다.

'알겠습니다.'

맥기는 알았다는 신호로 주먹을 쥐어 보인 후 일부러 걸음을 늦췄다. 당연히 뒤를 따르는 부대원들은 좁은 협로로 인해 멈춰 설 수밖에 없었다.

"이크!"

"조심하십시오!"

맥기는 의심을 피하기 위해 일부러 발을 헛딛는 행동을 하며 휘청거렸다. 뒤를 따르는 병사는 그런 맥기를 부축하며 목소리를 높였다.

'흠, 뭔가 안 좋은데……'

유난히 감이 좋지 않은 것에 이안은 뒤를 한 번 쳐다본 후 다시 걸음을 옮겼다.

"경관이 좋지 않습니까?"

험프리가 따라붙으며 하는 물음에 이안은 밧줄에 의지한 채 아래쪽의 거대한 크레이터를 바라보았다. 깎아지른 듯한 절벽 아래로 거대한 녹색의 숲이 눈에 들어왔다. 완벽하게 차단된 또 하나의 세계라고 해야 할 정도였다.

"멋지긴 하지만 상당히 아찔하군요."

"그렇기는 하지요. 저 아래는 군부에서도 포기한 곳이니 말입니다."

"무슨 이유라도 있습니까?"

"몬스터의 무덤이라는 별칭이 있는 곳입니다. 워낙 많은 몬스터들이 우글거리니까요."

하긴 몬스터가 많기는 할 것이다. 크레이터의 깊이가 워낙 깊은 탓에 인간은 내려가는 것도 어려운 곳이다. 그런 곳에 몬스터가 존재한다고 하면 아무리 다수의 인간이라도 내려가기도 전에 몬스터들의 공격을 받고 전멸하고 말 터이다.

크아아앙! 캬우우우!

아래쪽의 크레이터에서 들려오는 포효 소리가 쩌렁쩌렁 울렸다. 마치 환영하는 듯한 그 포효에 이안은 고개를 살래살래 내저었다.

'정신을 빼놓고 있군. 흐흐흐! 잘됐어.'

험프리는 만약의 사태에 대비하여 검을 뽑지는 않았다. 무기 대신 손만 뻗어가며 이안에게 살기를 흘렸다.

'응? 살기?'

잠깐 상념에 빠져 있던 것이 화근이었을까? 절벽의 소로 모퉁이를 막 돌았을 때 오른쪽 바로 뒤에서 걷던 험프리가 움직이는 것이 느껴졌다.

피릿!

갑작스럽게 터져 나오는 살기와 함께 위험하다는 것을 몸이 먼저 느끼고 반응을 보였다. 앞으로 튕기듯이 나아가며 부지불식간에 롱소드를 뽑아 들었다. 그리고 반사적으로 횡으로 쓸어내며 공격해 들어오는 험프리의 검을 쳐내려 했다.

"위험해!"

험프리는 누군가에게 들으라는 듯이 격한 외침을 토해냈다. 그리고 이안의 검을 피하며 자세를 낮추고 미친 듯이 돌진해 들어갔다.

콰앙!

"크읏!"

이안은 위험을 감지한 그 무언가가 험프리의 검이 아니라 그의 손임을 알 수 있었다. 그리고 동시에 마치 자신의 행동을 읽기라도 한 듯이 움직이는 험프리의 보디체크에 그대로 공중으로 몸이 떠오르는 것을 느꼈다.

'비, 빌어먹을.'

험프리가 왜 자신을 공격하는지 그 이유는 알 수 없었다. 하지만 그가 원하는 것이 자신의 실족사라는 것쯤은 그 짧은 순간에도 유추할 수 있었다.

'혼자 죽지는 않는다! 개자식!'

이안은 공중을 날아오르는 그 순간에 마지막 힘을 쥐어 짜내며 험프리의 양 어깨를 잡았다.

"허억! 노, 노!"

험프리는 이안이 같이 죽자는 식으로 나올 줄은 생각하지 못했는지 거칠게 몸을 흔들며 이안의 손을 떼어내려 했다. 그러나 죽음을 각오한 이안의 손아귀 힘은 상상을 초월했고, 그대로 같이 절벽 아래로 추락할 수밖에 없었다.

"으아아아! 난 죽을 수 없어!"

험프리는 이안에 의해 공중으로 떠올라 동시에 추락하기 시작했다. 그런 그를 느끼며 이안은 비릿한 조소를 머금은 채 살기 어린 시선을 보냈다. 그러나 이내 험프리의 모습이 시야에서 사라졌고, 그는 계속해서 추락해 내려갔다.

'살고 싶다. 이제 겨우 스물두 살인데…….'

열일곱 살에 기사 아카데미에 들어가 사 년이라는 시간 동안 배우고 이제 막 임관한 상황이다. 몰락한 가문도 부활해야 하고 자신이 목표를 위해 맹렬한 정진해야 할 시기였다. 그런데 이렇게 허무하게 생을 마감할 생각을 하니 짧은 순간이지만 너무도 억울한 생각이 들었다.

"반드시 산다!"

이안은 독하게 마음먹고 머리부터 추락하는 몸을 틀었다. 어떻게 된 일인지 험프리의 모습은 보이지 않았지만 그 높은 곳에서 추락했으니 살기 어려울 것임은 분명했다.

'집중해야 한다. 집중.'

이안은 떨어져 내리는 그 짧은 순간 고도의 집중력을 발휘하여 페더폴 마법을 펼쳤다. 아직 3클래스 유저의 실력이라

제대로 될지는 의문이다.

"페더폴!"

후웅! 스릇!

아주 짧은 순간 페더폴 마법이 발동되어 떨어지는 속도가 조금이지만 감소했다. 하지만 워낙 가속도가 붙은 상황이라 떨어지면 즉사를 면치 못할 것이다.

"파이어 볼!"

후웅! 슈아아앙! 콰앙!

지면에 거의 처박히기 직전 또 한 차례의 마법을 날렸다. 파이어 볼이 폭발하며 약간의 반탄 작용까지 더해지자 속도가 살짝 더 늦춰지는 것이 느껴졌다.

'이제 저걸 잡아야 산다. 잡아야…….'

이안은 필사적으로 거대하게 뻗어 있는 나무 가지를 향해 손을 뻗었다.

와락! 콰지지직!

작은 가지를 가까스로 잡았지만 가속도로 인한 어마어마한 무게를 이기지 못하고 가지가 부러져 나갔다.

"크아아악!"

이안은 다리에서부터 전해져 오는 어마어마한 충격에 비명을 지르며 굴러 떨어졌다. 중력에 의해서 떨어지는 운동에 너지의 방향을 바꾸기 위해 무의식중에서도 몸을 구르며 그 힘을 분산시켜 나갔다.

'이, 이렇게… 죽는… 건가?'

정신이 아득해져 오며 아련하게 온몸의 뼈마디가 다 부러져 나간 것 같은 느낌이 든다. 그리고 너무도 무거워져 가는 눈꺼풀이 저절로 내려갔다.

"끄으으으……."

온몸이 부서진 고통에 정신을 차릴 수가 없었다. 얼마나 기절해 있었는지 모르지만 지금 자신이 살아 있다는 것을 그 고통을 통해서 느끼고 있었다.

'고, 고통이 이렇게 반가울 줄이야…….'

이안은 지금 자신이 어떤 상태인지 알아야 했기에 천근만근 무거운 눈꺼풀에 힘을 주었다.

"흐으……."

다행히 죽을 운명은 아니었는지 눈이 떠졌다. 그러자 더욱 진하게 밀려오는 고통에 이를 앙다물어야 했다.

"으흡!"

움직이지 않는 몸을 비명을 지르며 가까스로 움직여 보았다. 다리 쪽은 자신의 통제를 벗어나 있고, 극악의 고통이 밀려들었다. 다행히 지면과 충돌하지 않은 오른팔은 부들부들 떨리면서 움직이는 것이 느껴졌다.

우두둑!

팔에 힘을 주어 몸을 일으키려 하자 왼팔에서 뼈마디 틀어
지는 소리가 들렸다.

"크으으으."

원치 않는 신음 소리가 절로 흘러나왔다. 그러나 그 고통이
살아 있는 증거라 생각하니 창망한 고통 중에도 입꼬리가 말
려 올라갔다.

'앗! 이럴 때가 아니지.'

죽었을 것이 확실한 험프리가 했던 말이 떠올랐다. 이곳은
바로 몬스터들의 무덤, 즉 언제 어느 때 몬스터가 나타날지
모르는 곳이다.

"윽! 크윽! 하아아! 아흑!"

끊이지 않는 신음을 흘리며 이안은 부러져 버린 두 다리 뼈
를 부들부들 떨면서 맞춰야 했다. 오직 살아야 한다는 일념
하나로 밀려드는 통증을 참아내며 일을 마칠 수 있었다.

"하아! 하아! 마나의 의지여, 아픈 곳을 어루만질지어다!
힐링!"

후웅! 휘리리링!

너무나 심한 고통 때문에 캐스팅이 깨어질 뻔했지만 가까
스로 힐링 마법을 완성할 수 있었다. 푸른 마나의 빛이 연적
색의 아름다운 빛으로 바뀌며 두 다리를 향해 스며들었다.

"으윽!"

힐링 마법이 스며들자 엄청난 통증이 한 번에 밀려들었다가 잦아들었다. 그리고 약간이지만 고통이 줄어드는 것이 느껴졌다.

'몇 번을 더 해야 할지 모르겠군.'

계속해서 마나가 바닥날 때까지 상처에 힐링 마법을 퍼부었다. 그렇게 십여 번의 힐링 마법을 쓰고 나자 정신이 아득해지는 기분이 들었다. 심장 어림에 만들어져 있는 마나 로드의 마나가 모두 고갈된 때문이다.

"후우……."

마나를 모두 사용할 대가로 두 다리는 거의 치유가 끝나 있었다. 아무리 마법이 만능의 힘이라고 불린다지만 이안의 다리는 너무도 처참하게 망가졌기에 이전처럼 완벽해지려면 며칠은 이런 작업을 반복해야 할 것이다.

'놈은 어디 있지?'

이안은 약간의 통증은 남아 있지만 움직일 수 있게 된 다리에 감사하며 같이 추락했을 험프리를 찾았다. 하지만 험프리의 모습은 그 어디에도 없었다.

"어디로 간 거지? 그 빌어먹을 자식. 그리고 왜 나를 공격한 거야? 신임 장교에 불과한 나를."

아직도 의문인 것이 험프리가 왜 자신을 죽이려고 했는지

하는 것이다. 그러나 이내 몇 가지로 압축해 생각해 볼 수 있었다.

'험프리가 타국의 스파이에 매수된 자이거나… 뭔가 지켜야 할 것이 있거나. 그리고 내가 부대를 이끌고 가려고 하니 그랬을 수도 있고.'

자신을 공격했을 당시 험프리는 위험하다고 소리를 질렀다. 마치 누군가 들으라는 듯한 그 외침은 분명 부대원들에게 외치는 것이었다. 그렇다면 이안이 죽었을 때 사고사로 위장하기 위함이라는 결론이 도출된다.

'후우, 어찌 된 영문인지 모르니 답답하군. 그리고 이놈은 도대체 어디로 사라진 거야? 그런데 저것은……'

이안은 험프리의 시체를 찾지 못했다. 중간에 절벽 어딘가에 걸렸을 수도 있고, 혹은 자신이 모르는 방법으로 살아났을 수도 있었다. 아직 어떻게 된 상황인지를 몰라 답답하기 그지 없었다.

그때 눈에 들어온 것이 바로 험프리가 소중하게 옆구리에 매달고 있던 가방이다. 아마도 떨어질 때 가방이 빠진 것 같았다.

'그런 자식이 이렇게 낡은 가방을 너무도 소중하게 여기던데… 뭐지?'

가방에 손을 가져다 대자 이상한 느낌이 전해져 왔다. 보통의 사람이라면 느끼지 못할 마나의 느낌이었다.

부욱! 투두둑!

거칠게 뜯어내는 손길에 의해 낡은 가죽이 떨어져 나갔다. 그러자 그 안에 또 다른 가죽이 드러났다. 그리고 그 가죽에 새겨져 있는 수많은 기하학적인 문양에 이안의 눈이 휘둥그레졌다.

'이건… 마법 가방?'

몰락하긴 했지만 귀족 가문의 차남인 자신도 가지기 어려운 것이 마법 가방이다. 비록 하급의 마법 가방이라고 해도 그 가치는 상상을 초월했다.

"블루 마탑에서 만든 캐러밴급 가방이잖아."

캐러밴급의 가방이라는 소리는 가방의 크기가 짐마차 한 대 분량을 담을 수 있다는 뜻이다. 3입방미터의 공간에 수량의 제한 없이 가득 채울 수 있는 가방이었다. 경량화 마법 수식까지 달려 있는 것을 보면 상당히 고가의 제품이 분명했다.

"헐! 그 새끼 진짜 뭐야?"

마법 가방을 일개 하사관이 가지고 있다는 것 자체가 난센스였다. 이 가방 하나만 팔아도 어지간한 장원 하나를 살 수 있으니 하는 말이다.

1골드면 밀 20kg짜리 열 포대를 살 수 있었다. 고로 평민 6인 가족 기준으로 한 달에 2골드 정도면 충분히 생활할 수 있었다. 보통 애를 서넛은 낳기 때문에 그 정도로 계산하는 것이 옳았다.

'적어도 1만 골드는 넘어가는 가방이다! 우리 가문이 치러야 할 전쟁 배상금 5만 골드의 1/5……'

지금 당장 내다 팔아도 1만 골드가 넘어가는 가방이라니 상처를 치유할 때처럼 손이 떨리는 기분이다.

"내 월급을 하나도 안 쓰고 모아도 180년을 넘게 모아야 이거 하나 살까 말까 하는데… 흐음."

험프리라는 자의 정체가 심히 수상했다. 일개 하사관이 이런 가방을 가지고 있다면 물려받은 것이 아닌 다음에는 적국의 첩자일 가능성이 컸다. 그게 아니라면 뭔가 엄청난 노다지를 몰래 발굴했을 때다.

'일단 열어보자.'

이안은 가방의 손잡이에 손을 가져갔다. 아무런 반응이 일어나지 않는 것을 보면 피의 각인을 하지 않은 최하급의 마법 가방이었다. 만약 피의 각인과 리턴 마법까지 걸려 있는 마법 가방이었다면 이 자리에 있지도 않을 것이다.

"오픈!"

이안이 외치자 가방이 열리며 작은 블랙홀이 생성되었다.

우르르!

안에 뭐가 들었는지 모르기에 무작정 거꾸로 들고 가방을 털었다. 우르르 쏟아지는 물건들의 향연에 이안의 눈은 가방을 발견했을 때보다 더 커졌다.

"헉!"

절로 탄성이 흘러나왔다. 쏟아지는 물건의 양보다 그 질이 문제였다.

"100골드짜리 플래티넘 골드, 이건 마나석. 헐!"

100골드짜리 플래티넘 골드는 보통 1골드짜리 동전의 테두리에 소량의 미스릴을 입힌 것이다. 100골드의 값어치에 맞게 미스릴의 함량을 맞춘 것으로 일반인은 만져보지도 못하고 죽는다는 말이 있을 정도로 값어치가 큰 귀족들만의 화폐였다.

'마나석을 왜 가지고 있는 거지? 거기다 이건 가공되지 않은 자연석이거늘……'

시간이 지날수록 험프리에 대한 의구심이 커져갔다. 그러다 어느 순간 머리를 관통하는 한 가지 생각이 있었다. 그건 바로 엄청난 양의 플래티넘 골드와 마법 가방, 그리고 마나석의 존재로 추측한 가설이다.

'만약 험프리가 마나석 광산을 발견하고 그것을 잠채했다면… 그리고 그것을 팔아서 이 돈을 마련한 거라면… 그래, 그래야 말이 된다. 나를 죽이려 했던 그 이유도.'

험프리는 마나석 광산을 잠채하는 것에 방해되는 인물들

을 모두 죽였을 가능성이 농후했다. 이전에 있던 마법사를 죽인 것도 마나석을 잠채하는 것을 그가 알아채서였을 것이다. 마법사는 그 누구보다 마나에 대해 민감하기에 마나석이 근처에 있어도 알아챘을 터이다.

'이것만 있으면 가문의 전쟁 배상금을 다 지불할 수 있다. 그리고 아무도 모르게 힘을 키울 수 있는 자금도 마련되는 셈인데……'

이안은 험프리의 가방 안에 있는 돈을 보며 처음으로 남의 것에 대해 욕심이 생겨나는 것에 이를 앙다물었다. '

'내 목숨 값이다. 나를 죽이려고 했던 놈의 것이니 내가 챙겨도 되겠지.'

결심을 굳힌 이안은 이 돈을 종자돈 삼아 자신이 가진 꿈을 위해 사용하리라 다짐했다. 그렇게 생각을 정리하자 험프리라는 인간에 대한 분노가 다시 한 번 일어났다.

"정말 개새끼였군. 그깟 돈을 위해서 사람을 죽이려 하다니… 퉤!"

이안은 험프리의 헛된 욕심에 자신도 모르게 침을 뱉었다. 만약 살아 있는 험프리를 보게 된다면 단검에 목을 베어내리라 생각하며 가방을 갈무리했다.

"아참, 이러고 있을 때가 아닌데……."

이안은 절벽 위쪽을 살피려 했지만 너무도 우거진 나뭇잎 때문에 그럴 수가 없었다. 거기다 만약 병사들이 험프리와 같은 일당이라면 자신을 구출하려고 할 이유가 없다는 생각에 가방을 벨트에 동여맸다.

그리 멀지 않은 곳에서 반짝이는 물건을 보고 얼른 달려갔다. 검날이 지면에 꽂혀 있는 자신의 검을 발견하고 빙긋 미소 지었다.

그 무엇보다 소중한 자신의 애검이 무사한 것이 그 어느 순간보다 기뻤다.

'조금만 더 가면 된다, 조금만 더.'

이안은 지금 죽어라 달리고 있었다. 이 거대한 크레이터로 떨어진 지 벌써 나흘째였고, 그는 계속해서 쫓기는 신세였다.

"쉬이익!"

"크라라라!"

괴성을 지르며 추격해 오는 것은 오크들이었는데 크레이터 바깥의 오크들과는 그 차원이 다른 그레이트 오크들이었다. 인간의 평균 키를 훨씬 뛰어넘는 그레이트 오크들은 둘만 힘을 합치면 트롤과 상대할 수 있을 정도로 강한 놈들이다.

쎄에에엑!

뭔가가 날아드는 기척에 이안은 사선으로 뛰며 상체를 숙였다. 그러자 오른쪽 어깨 위로 스치듯이 지나가는 커다란 창이 앞쪽에 있던 커다란 나무에 박혔다.

"으다다다!"

기겁해 소리를 지르며 더욱 힘을 내어 달렸다. 여기서 따라잡힌다면 고스란히 그레이트 오크들의 먹잇감으로 전락하고 말 것이다.

'조금만 더 가면 트롤의 영역이다. 그곳에서 나무를 오르면 된다. 조금만 더 힘내자.'

지난 나흘 동안 지역의 일부분이지만 주변을 살필 수 있었다. 물론 쫓기는 신세라 정확하게 살핀 것은 아닐지라도 대충 1/5에 해당하는 지역을 쫓기며 살폈다. 그래서 서남쪽의 그레이트 오크 영역의 동쪽에 트롤이 서식하고 있다는 것은 잘 알고 있었다. 물론 그곳의 트롤도 일반 트롤이 아닌 오우거에 가까운 체구와 괴력을 발휘하는 그레이트 트롤이었다.

'이곳의 몬스터들은 다들 이상하게 변이를 일으킨 몬스터들이다. 바깥의 몬스터들과는 그 차원이 다르니 원.'

만약 바깥쪽의 몬스터들이었다면 이안이 쫓길 이유 따위는 없었다. 익스퍼트 중급의 검술에 3클래스 유저의 마법이라면 지금 쫓아오고 있는 오크 열 마리는 순식간에 처리할 수 있는 실력이기 때문이다. 그러나 이곳에서는 채 세 마리도 상대할 수 없었다. 체구가 크고 힘이 몇 배로 늘어난 오크들은 각 개체가 익스퍼트 초급의 기사에 준하는 능력을 발휘했다.

'됐다!'

몇 번이나 날아드는 무기를 피해서 달리다 보니 트롤의 영역으로 들어올 수 있었다.

이윽고 지난 사흘 동안 자신의 편안한 휴식 공간이 되어주었던 거목이 웅장한 자태를 드러냈다.

타타타탓! 파팟!

거목의 아래쪽에 도달하는 순간 미리 생채기를 내어놓은 디딤대를 밟고 그대로 나무 위를 타고 올라갔다. 길게 뻗어 있는 나뭇가지를 잡고 빙글 휘돌아 점프해서 다시 다른 가지를 타고 오르는 묘기를 선보이자 순식간에 20미터가 넘는 높이의 나무 위로 올라설 수 있었다.

"크크크! 꼴좋다! 개자식들 같으니!"

나무 아래서 발악을 하고 있는 그레이트 오크들에게 가운뎃손가락을 뻗어 보인 후 이안은 더 높은 곳으로 이동했다. 장정 스무 명이 양팔을 벌리고 손을 맞닿은 채 감싸도 남을 거목은 오크들로부터 이안을 숨을 수 있도록 해주었다.

크아아앙!

갑작스런 포효에 이안은 깜짝 놀라 아래쪽을 살폈다. 그레이트 오크들이 커다란 돌멩이를 나무 위로 집어 던지는 곳에 시선이 미치는 순간, 이안은 깜짝 놀라 입을 헤벌리고 말았다.

'저, 저게 뭐라니?'

검은 갈기를 휘날리며 오크들을 가지고 놀듯이 도륙하고 있는 한 마리 짐승의 모습은 이안을 충격에 빠지게 만들었다. 그리 크지도 않은 체구지만 그 민첩성은 자신은 도저히 따라갈 수 없는 속도였다. 그리고 가볍게 스치듯이 지나가는 앞발에 그레이트 오크들의 몸이 피범벅이 되어버렸다.

'우와! 대단한데?'

저런 괴물과 상대한다면 자신은 얼마나 버틸 수 있을까 하는 생각을 해보았다. 절로 몸서리가 쳐지는 것에 고개를 살래살래 내저었다.

"크르르르!"

오크들을 모두 해치운 다음 이안이 올라 있는 나무를 올려다보며 낮게 울부짖은 몬스터는 죽인 오크를 물고 어디론가 사라져 갔다.

"후우, 살 떨려 죽는 줄 알았네."

아무리 검과 마법을 배운 이안이라지만 그 강함이라는 것은 너무도 터무니없었다. 오크들의 강력한 힘이 실린 글레이브에 맞아도 그대로 돌진해서 오크의 목을 물어뜯어 버리는 것을 보면 가죽의 방호력은 마나소드로도 베어내지 못할 것이 분명했다.

"후우, 일단 체력을 좀 비축해 놓자."

이안은 한숨을 내쉬며 마법 가방 안에 있는 비상식량을 꺼내 먹었다. 험프리는 무슨 이유에서인지 족히 한 달은 먹을 수 있을 정도의 비상식량을 가방 안에 넣어놓았다. 그 덕에 당분간 끼니 걱정을 하지는 않아도 되었다.

'저 녀석은 도대체 뭐지?'

이안은 지난 닷새 동안 자신의 주위를 맴돌고 있는 이상한 괴물을 살피고 있었다. 오크의 영역을 벗어나 트롤의 영역으로 들어왔을 때 오크들을 죽인 그 괴물이다. 녀석은 오 일간 이안을 공격하려는 트롤을 죽이는 강력함을 보여주었다.

'나에게 뭘 원하는 거지? 하아!'

나무 위에서 숨어 있는 자신을 향해 죽은 트롤의 팔 한쪽을 던져준 후 온몸의 털을 고르는 녀석의 모습은 어이없기까지 했다.

'설마… 나보고 트롤의 팔을 먹으라고 준 것인가? 허헐!'

인간이 트롤의 사체를 먹을 일도 없지만 야수형 몬스터에 해당하는 녀석이 자신에게 먹을 것을 나눠 준다는 것은 더 이상했다. 먹잇감에 해당하는 자신을 이렇게 대우할 리가 없는 탓이다.

"크워어어어어!"

한참을 트롤의 팔을 보던 이안은 갑작스런 포효 소리에 하늘을 쳐다보았다. 벌써 달이 떠 있고 그랜드크로스가 다가옴에 따라 몬스터들의 활동이 비이상적으로 증가하고 있는 시점이었다.

'플루토의 날까지 앞으로 두 달. 그 안에 이곳을 빠져나가야 한다. 그게 아니라면… 결국은 죽고 말겠지.'

나무 위에서 버티는 거라면 살아남을 수 있을지도 몰랐다. 그러나 식량이 이제 20일 정도 버틸 수 있는 분량뿐이다. 이대로 간다면 플루토의 날이 오기 전에 나무 위에서 굶어 죽고 말 것이다.

"후우, 이제부터라도 식량이 될 만한 것들을 찾아야 할 텐데……."

몬스터들만 우글거리는 곳이라 식량이 될 만한 짐승들은 존재하지 않았다. 씨가 말랐다고 해야 할 정도로 짐승이 없는 곳이 헬카이드의 배꼽이라 불리는 이 땅인 것이다. 몬스터들도 서로를 잡아먹으며 살아가기에 그 수가 적었지만 비이상적으로 강한 놈들만 우글거렸다. 아마 번식력이 좋은 그레이트 오크들이 아니었다면 다른 대형 몬스터들도 아마 굶어서 멸종했으리라.

'그나저나 저 녀석은 지치지도 않나. 왜 저기서 지키고 있는 거지?

벌써 이틀째였다. 나무 아래에서 번을 서듯이 지키고 있는 야수형 몬스터로 인해 이안은 나무 위에서 하릴없이 있어야 했다. 약간이라도 몸을 움직이면 그 방향으로 귀신처럼 따라 붙은 야수의 행동에 한숨만 흘러나왔다.

'차라리 올라오지 못하는 것을 노리고 마법 공격을 퍼부어 볼까?'

이대로 가다간 죽도 밥도 안 되는 상황이기에 극단적으로 공격을 해볼까 생각했다. 그러나 아직 자신을 공격하는 것도 아니고 트롤의 팔을 건네주는 것을 보면 뭔가 호의적인 구석 이 엿보이는 녀석이다.

"좋아, 이래도 죽고 저래도 죽는다면 일단 부딪쳐나 보자."

이안은 공격할 생각을 버리고 뭔가 호의적인 모습을 보이 는 것에 의지하여 나무를 타고 내려갔다. 지면에 도착했음에 도 녀석은 가만히 이안의 움직임을 멀뚱히 바라보고 있었다. 아마도 트롤의 팔을 가지러 온 것이라 여기는 모양이었다.

"착하지? 난 절대 너를 해치려는 것이 아니야. 그러니까 물 면 안 된다? 알았지?"

이안은 조심스럽게 접근하며 양팔을 앞으로 내밀어 공격 할 뜻이 없음을 보였다. 그러나 시큰둥한 모습을 보이는 녀석 은 그런 이안을 쳐다만 볼 뿐 별다른 행동을 하지 않았다.

'이 정도라면 나를 공격할 것 같지는 않은데? 뭐지, 이 녀석은? 영성을 가진 놈인가?'

몬스터 중에 몇몇 개체는 이성이라고 할 정도는 아니더라도 지능을 갖추고 있는 놈들이 있었다. 흉성에 물들어 닥치는 대로 살육을 저지르는 몬스터와는 약간 다른 존재인 셈이다.

"착하지? 물면 나도 화낼 거야. 그러니까 알지?"

이안은 최면이라도 걸듯이 말하며 다가가 녀석의 앞에 섰다. 그러자 녀석은 고개를 들고 이안을 올려다보았다. 납작 엎드려 있던 녀석은 고개만 들었음에도 이안의 가슴 어림까지 머리가 올라왔다.

'일단 저지르고 보자. 한번 죽지 두 번이야 죽겠냐.'

이안은 아직까지 공격하지 않는 녀석의 머리에 조심스럽게 손을 뻗었다. 부드러운 털의 느낌이 손바닥에 전해지는 것에 그는 천천히 결을 따라 손을 움직였다. 일명 부드럽게 쓰다듬는 그의 손길이 좋은지 녀석은 눈을 가느스름하게 뜨며 갸르릉거리기 시작했다.

"갸르릉! 갸르르릉!"

마치 고양이가 기분 좋을 때 내는 소리의 확장판이라고 해야 할 소리에 이안은 마음을 놓았다. 그리고 뭔가 흐뭇한 마음이 들어 조금 더 가까이 다가가 녀석의 허리 부분까지 쓰다듬었다.

"그르르르르!"

처음과는 다른 이상한 느낌이 드는 소리에 이안이 손을 멈추자 녀석이 감고 있던 눈을 뜨고 못마땅한 듯 쳐다봐 얼른 다시 손을 움직였다. 그러자 녀석이 다시 눈을 감으며 그 소리를 연신 내뱉었다.

'뭐, 뭐냐, 이 변태 같은 소리라니……. 잠깐 멈춰볼까?'

재차 손을 멈추자 이상한 소리를 내던 녀석이 또다시 눈을 치뜨고 뭔가 불만에 어린 눈빛으로 이안을 노려보았다.

"하, 한다. 한다고. 하하, 하하하하!"

이안은 이 웃기지도 않은 상황에 미간을 모으며 씁쓸히 웃었지만 하던 행동을 계속해서 해야 했다. 그렇게 해서라도 이 강한 몬스터가 자신을 공격하지 않는다면 얼마든지 할 용의가 있었다.

3장

여긴 뭐지?

이안은 속으로 변태라 부르는 몬스터에게 에일리라는 이름을 붙여주었다. 상전 아닌 상전을 모시게 된 이안은 에일리 덕분에 나무 위에서 잠을 자지 않아도 된 것에 그나마 만족스러운 하루를 보냈다.

'이제 슬슬 움직여야 할 시간이다.'

에일리 덕분에 하루를 편하게 쉰 이안은 지난 며칠 동안 살핀 지역이 아닌 다른 지역으로 이동할 생각을 했다. 여기에 계속 있을 수는 없으니 어떻게든 빠져나갈 수 있는 곳을 찾아야 했다.

"에일리!"

"크룽!"

에일리는 이안이 부르자 고개를 들며 멀뚱하게 눈을 맞췄다.

"나 이제 가야 한다. 여기서 살 수는 없거든."

그의 말에 고개만 살짝 갸웃거리는 에일리를 보며 이안은 몬스터에게 지금 자기가 뭐 하는 짓인가 싶어 웃고 말았다. 그러나 자신의 뜻은 알려줘야 했기에 손짓으로 간다고 표현했다.

"그러니까… 나… 간다고. 알았지?"

자신을 가리키고 원래 부대가 있던 방향을 가리키며 달리는 흉내를 내자 그제야 에일리도 뭔가 느끼는 바가 있는지 몸을 일으켰다.

"캬우웅!"

낮게 울며 늘어지게 기지개를 켠 후 어슬렁거리며 걸음을 옮겼다. 그러나 에일리가 가는 방향은 이안이 가려고 하는 방향이 아닌 크레이터의 정중앙 방향이었다.

"나중에 또 보자. 난 이쪽으로 가야 해서. 하하하!"

이안은 하루 동안 같이 있어 정이 든 듯 손을 흔들며 인사를 건넸다. 그러자 에일리가 뒤를 돌아보며 낮게 으르렁거렸다. 마치 나를 따라오라고 명령하는 듯한 그 모습에 이안은 어깨를 으쓱거리며 자신을 가리켰다.

"나보고 따라오라는 거냐?"

그러자 말귀를 알아듣기라도 한 듯이 고개를 위아래로 흔들었다.

'허미, 저것이 몬스터야, 사람이야?'

이안은 혹시 모르는 거라 다시 한 번 뒤를 돌아 자신의 길을 가려고 했다.

"캬아!"

뒤에서 들려오는 낮은 소성은 분명 으스스한 살기가 동반된 에일리의 울음소리였다.

"이, 이런……."

이안은 기세가 흉흉한 에일리의 눈빛을 보며 얼른 방향을 돌렸다.

"하하하! 갈게. 그럼 되잖니. 간다고, 가!"

이안이 다가오자 그제야 흉흉한 기세를 풀고 몸을 돌리는 에일리였다.

"빌어먹을! 파이어 볼!"

이안은 메모라이즈 해두었던 마법 가운데 가장 강력한 마법이라고 할 수 있는 파이어 볼을 오우거를 향해 날렸다. 별다른 타격을 주지는 못할지라도 최소한 놈의 눈을 잠시 동안은 뜨지 못하게 할 정도는 되었다. 그리고 그 정도의 시간을 벌면 자신의 역할은 충분히 한 거라 할 수 있었다.

쉬이잇! 스팟!

날카로운 기세를 흩날리며 에일리가 공중을 날고 있었다. 한 번의 도약으로 20여 미터를 뛰어넘는 에일리의 도약은 분명 날아간다고 해야 할 정도로 멋진 움직임이었다.

"쿠워어어!"

날카로운 에일리의 발톱이 스치고 지나간 자리에 녹색의 혈선이 그어졌다. 두껍고 단단하여 마나소드에도 잘 갈라지지 않은 오우거의 가죽이 그대로 찢겨져 나간 것이다.

부아아앙!

오우거의 손에 들린 커다란 몽둥이가 거칠게 휘둘러졌다. 빠르고 강맹한 위력이 담긴 그 공격에 에일리는 껑충껑충 뛰어 피하고, 약이 오른 놈이 재차 공격을 퍼부으려고 할 때 이안의 손에서 캐스팅된 파이어 볼이 날아갔다.

콰앙! 화르르륵!

타격력은 그다지 크게 느껴지지 않았지만 격중된 부위가 오우거의 얼굴이었다. 화염이 넘실거리며 오우거의 신체 중에서 가장 약한 부위인 눈에 침습해 들어갔다.

"크아아아!"

분노한 놈은 눈을 부여잡고 봉사 문고리 잡듯이 몽둥이를 휘저으며 공격의 방향을 바꿨다. 에일리의 공격은 몸에 상처를 주는 수준이지만 마법 공격은 자칫 자신의 목숨을 위협할 수도 있다는 판단이 든 모양이다.

"눈먼 공격에 당하면 기사 체면이 우습지!"

이안은 5미터에 달하는 거대한 체구의 오우거의 공격을 피해 옆으로 미끄러지듯이 움직였다. 오른손잡이가 가장 공격하기 어려운 왼쪽으로 돌며 오우거의 공격을 피해내며 무빙 캐스트로 매직 에로우를 만들어 날렸다.

"매직 에로우!"

네 개의 마법 화살이 빠르게 소용돌이치며 오우거의 얼굴을 향해 날아들었다. 다른 곳은 때려봐야 항마력이 워낙 높기 때문에 주먹으로 때리는 것과 별반 다르지 않을 터였다.

"크허엉!"

또다시 마법 공격이 날아들자 오우거는 뭔가 이상한 낌새를 느꼈는지 손을 거칠게 휘저으며 매직 에로우 공격을 막아 갔다. 마법 공격을 막기 위해 발의 움직임이 잠깐 멈춘 그 순간을 노려 이안은 스텝을 밟으며 빠르게 치고 나갔다.

스릉! 쉬릿!

날카로운 소성과 함께 뽑힌 롱소드가 푸른 마나소드를 만들어내며 허공에 아름다운 반원을 만들어냈다. 그리고 두꺼운 가죽을 파고들어 갔다 빠져나온 흔적이 오우거의 다리에 만들어졌다.

"크워어어!"

날카로운 검에 베인 격통이 오우거의 다리를 헤집자 놈은 고통에 찬 비명을 지르며 더욱 격하게 괴성을 질렀다.

"크와아앙!"

다리의 통증에 놈이 몸을 잠깐 굽힌 순간 에일리가 포효를 터뜨리며 놈의 등 위로 솟구쳐 올랐다.

파앗! 파파팟!

등에 올라탄 채 십여 번이 넘게 양발로 후리는 동작이 순식간에 이루어졌다. 그것도 오우거의 뒷목을 향해서 벌어진 공격에 오우거가 몸부림을 쳤다. 같은 부위를 난자해 버린 그 공격에 오우거의 뒷목이 갈라져 뼈가 훤히 드러나고 거칠 것 없어 보이던 오우거의 신형이 서서히 멈추었다.

휘익! 쿠우웅!

묵직한 소리와 함께 무너져 내린 오우거의 몸체는 작아져 가는 거친 숨소리와 함께 완전히 움직임을 멈췄다.

"캬우우우우!"

승리의 포효를 터뜨리는 에일리의 모습에 이안은 이마에 송골송골 맺힌 땀을 훔쳤다. 만약 자신 혼자 상대했다면 죽음을 각오했어도 저기 쓰러져 있는 건 자신이었을 것이다. 그 탓에 흘러내린 땀으로 온몸이 축축하게 젖어 있었다.

"수고했어."

이안이 자신의 몸에 비비고 있는 에일리의 등을 쓰다듬어 주었다. 그러자 에일리가 기분 좋은 울음을 토하더니 쓰러져 있는 오우거에게 다가갔다.

'뭐 하려고 저러지?'

오우거를 먹으려는 것인가 하는 생각을 잠깐 했지만 하는 본새가 그것과는 사뭇 달라 보였다. 사람의 몸통보다 훨씬 큰 오우거의 머리통을 커다란 발톱으로 후려치더니 죽은 놈의 머리를 해부하기 시작한 것이다.

"크으……."

뇌수가 흘러나오고 있는 광경은 그리 즐거운 광경이라 할 수 없었다. 그럼에도 지켜보고 있는 것은 에일리의 행동이 뭔가 이상했기 때문이다.

"저건……."

마침내 에일리의 행동이 멈추고, 뇌수 사이로 보이는 주먹 만 한 돌멩이가 눈길을 잡아끌었다. 검붉은 색깔을 지닌 돌멩 이는 녹색의 오우거 피에 가려져 있지만 보석이라고 봐야 할 것 같은 돌멩이였다.

'설마 저게 말로만 듣던 마정석이라는 건가?'

마정석은 마계의 몬스터에게서만 나온다는 마나석의 일종 이었다. 비정상적인 마계의 마나 덕분에 흑마법사들에게는 최고의 선물이라고 할 수 있는 것이 바로 저 마정석이었다.

'그런데 왜 이런 것이 저 오우거의 머릿속에서 나오는 거지? 설마 저놈이 마계의 마수라도 된다는 건가?

계속해서 의문이 찾아들었다. 마계도 아닌데 마계의 몬스터에게서 나온다는 마정석이 나왔으니 그런 의문이 드는 것도 무리는 아니었다.

'일단 챙겨놓고 보자.'

이안은 마정석을 가방 안에 밀어 넣었다. 다시 에일리를 보며 뭔가를 물으려고 할 때 멀지 않은 곳에서 거친 움직임이 느껴졌다.

"빌어먹을."

죽은 오우거와의 전투가 끝난 지 이제 겨우 5분 정도 지났다. 그런데 또 다른 오우거가 접근하고 있으니 환장할 노릇이었다.

"크룽!"

에일리는 자세를 낮추며 낮게 울었다. 마치 자신의 등에 타라는 듯한 행동에 이안은 자신과 에일리의 등을 가리키며 물었다.

"나보고 타라는 거냐?"

그러자 살짝 고개를 끄덕이는 에일리의 행동에 고개를 갸웃거리며 등에 올라탔다.

"워어어어!"

갑작스럽게 출발하는 에일리의 움직임은 전투마를 탈 때보다 훨씬 더 빠르고 과격했다. 떨어지지 않기 위해서 이안은 에일리의 등에 매달리며 목을 끌어안아야 했다.

"야! 좀 천천히 가!"

아무리 외쳐도 무시하고 달리는 에일리인지라 이안은 썩은 미소를 지으며 끌어안은 팔에 더욱 힘을 주어야 했다.

에일리의 목을 껴안고 얼마나 달렸을까, 이곳에 떨어진 이후 처음으로 보는 곳에 도착한 것을 알 수 있었다.

'어긴 어디지?'

숲으로 뒤덮인 곳이 헬카이드의 배꼽이라 불리는 이곳이었다. 그런데 지금 이곳은 나무는 찾아볼 수 없었고 작은 풀이나 이름 모를 꽃들이 흐드러지게 피어 있었다.

"키아!"

갑작스럽게 뭔가 불만이 있는지 낮게 우는 에일리의 반응에 이안은 뚱한 시선으로 어깨를 으쓱거렸다. 그러자 에일리는 이안의 다리에 몸을 부딪치며 무언가 알 수 없는 신호를 보냈다.

'따라오라는 건가?'

이전에도 저런 몸짓은 따라오라는 신호일 경우가 많았다.

"알았다. 그러니까 진정하고 먼저 가라. 응?"

이안이 따라가겠다는 뜻을 표하자 그제야 행동을 멈춘 에일리는 민첩한 동작으로 한 곳을 향해 **빠르게** 달려갔다. 꽃밭을 지나 에일리의 움직임이 멈춘 곳은 기암괴석이 늘어져 있는 곳이었다.

'뭐지, 마치 탑을 쌓아놓은 것 같은 모습은?'

기괴한 괴석 지대였다. 10미터는 훨씬 넘을 것 같은 괴석의 탑이 그 수를 헤아리기 어려울 만큼 **빼곡하게** 늘어서 있었다. 그리고 에일리는 그 괴석들 중 가운데 가장 큰 괴석 앞에 서 있었다.

'입구? 도대체 이곳은 정체가 뭐야?'

극도의 혼란에 **빠져들었다.** 이런 괴석들의 탑을 인위적으로 만든 것일 수도 있는 증거가 바로 에일리의 앞에 있었다.

"캬아!"

"아, 알았다. 간다, 가."

이안은 에일리의 뒤를 따라 입구를 통과했다. 상당히 좁은 입구였지만 들어가는 것에는 별다른 무리가 없었다.

'사람이 만든 흔적이다. 그 어떤 이인종도 이런 식으로 만들지는 않아.'

드워프들의 건축물이라면 이것과 비슷하겠지만 내부의 양식은 4백 년 전에 멸망한 것으로 알려진 리하르트 왕국의 독

특한 건축 양식으로 지어져 있었다.

"크르르!"

에일리의 또 다른 경고에 가까운 소리에 이안은 정신을 바짝 차렸다. 이런 던전의 경우라면 쉽게 들어갈 수는 없을 거라는 걸 뒤늦게 깨달은 것이다.

휘릭! 타탁! 타타탁!

에일리의 움직임은 기나긴 복도의 일정 부분만을 밟은 채 움직였다. 에일리가 발을 디딜 때마다 푸른빛이 잠깐씩 일렁였다.

'마법적인 효과다. 저곳을 제외한 다른 곳을 밟는다면… 조심해야겠군.'

이안은 정신을 바짝 차리고 에일리의 행적을 기억했다. 일정한 패턴이 존재했기에 기억하는 것은 그리 어렵지 않았다. 다만 문제는 중간 이후에 그 패턴이 일정 간격을 두고 변화를 일으킨다는 것이었다.

"처음은 홀수 간격으로 뛰고 중간 이후는 짝수, 나머지는 좌우로 변화를 준 건가? 기억했어."

이안은 에일리의 움직임을 모두 기억하고는 그대로 따라 건너 뛰어갔다. 그가 에일리의 옆에 내려서자 또 다른 관문이 눈앞에 나타났다.

'여기는 어떻게 들어가야 하는 거지?'

이안은 석문 앞에 대기하고 있는 에일리를 쳐다보았다. 자신을 이곳으로 데리고 왔을 때는 이 석문도 들어갈 수 있는 방법이 있을 거라 생각한 것이다.

"크르르!"

"여기다 손을 대라는 거냐?"

에일리는 이안의 물음에 맞는다는 듯이 고개를 끄덕였다.

'하! 이게 짐승이야, 사람이야?'

말귀를 알아듣는 것 같은 에일리의 모습에 이안은 혀를 내둘렀다. 이전과는 전혀 다른 모습을 보이는 에일리의 모습이 조금은 낯설게 느껴졌다.

'뭐, 일단 해보면 알겠지.'

이안은 석문의 중앙에 양각되어 있는 리하르트 왕국의 상징인 쌍두 와이번의 문장 틈에 손을 집어넣었다.

후우웅!

손이 들어가자마자 반응을 보이는 것에 깜짝 놀랐다. 너무도 미묘하고 기이한 느낌이 손을 타고 몸으로 흘러들어 왔기 때문이다.

뜨끔!

"읏!"

장심이 베인 듯 느껴지는 따끔한 느낌에 화들짝 놀라 손을 빼내려 했지만 이상하게도 손은 빠지지 않았다.

"이런…… 뭐, 뭐지?"

영문을 알 수 없는 상황이었지만 이곳까지 데리고 온 에일리는 천하태평이었다. 결코 해가 되는 것은 아닐 거라는 느낌이 강하게 들었다.

"제길! 한 번 죽지 두 번이야 죽겠냐!"

이안은 미간을 좁히며 석문이 열리기를 기다렸다.

그르르르릉!

마침내 석문이 열렸다. 이내 이안의 베인 손바닥에서 흘러내린 피가 바닥에 떨어지고 어느 정도의 시간이 흐른 뒤의 일이다.

'피로 반응을 하는 것인가? 그런데 내 피에 뭐가 들어 있길래? 정말 영문을 모르겠구나.'

이안은 석문이 열리면서 자동적으로 손이 자유롭게 되자 얼른 베인 부위를 눌러 지혈시켰다.

"힐링!"

간단한 상처였기에 간단한 힐링 마법으로도 상처가 빠르게 아물어 들어가며 처음의 상태로 돌아왔다.

'이번에는 또 어떤 것이 앞에 기다리고 있을까?'

이안은 호기심을 드러내며 에일리의 뒤를 따라 계속된 던전 탐사에 돌입했다.

'하아! 언제까지 내려가야 하는 거지?'

던전으로 들어온 이후 열 개의 관문을 통과했다. 그때마다 손바닥이 찢어지고 흘린 피로 피의 인증을 거쳐야 했다.

"크르르!"

어느 순간 에일리의 울음소리가 들렸다. 이전과는 판이하게 다르게 생긴 문이 나타났고, 에일리는 그 앞에서 일정 부분 이상 들어가지 못하고 바닥에 엎드려 있다.

'이 상황은 뭐지? 나보고 뭘 어떻게 하라는 건지 원.'

이안은 에일리의 모습이 평소와는 다르다는 것을 느낄 수 있었다. 저 거대한 석문의 뒤에 버티고 있는 무언가가 에일리를 두려움에 떨게 만든다는 걸 강하게 느꼈다.

"여기까지가 끝인 거냐?"

이안의 물음에 뒤를 돌아본 에일리가 가볍게 고개를 숙였다. 그리고 안으로 들어가라는 듯한 행동을 했다.

"알았다. 여기서 기다리거라."

이안은 에일리의 등을 한차례 쓰다듬어 준 후 마지막 관문일지도 모르는 거대한 강철 문 앞에 섰다. 오우거도 머리를 숙이지 않고 들어갈 수 있을 정도로 커다란 문은 리하르트 왕국의 상징이 정 가운데 황금으로 양각되어 있었다.

이전의 그 어떤 관문보다 화려하고 정교한 것이 눈길을 끌었다.

'어디서 많이 본 문양인데… 그래, 렉시온 님의 유품!'

이안은 부친이 준 가죽 주머니를 꺼내 그 안에 들어 있는 유품을 꺼냈다. 반지 하나와 은빛 팔찌를 오른손에 착용하고 그 문양을 비교해 보았다. 정확하게 일치하는 것에 혹시나 하는 심정으로 빈 공간에 손을 집어넣었다.

스슷!

집어넣은 오른손에 이번에도 마력이 움직이며 손바닥이 찢어질 거라 생각했다. 그러나 그런 생각을 비웃기라도 하듯이 마력이 움직이며 누군가의 음성이 공동을 뒤흔들었다.

—허가받지 못한 이는 죽으리라!

'허가받지 못하면 죽는다? 이건 뭐 하는 빌어먹을 수작이란 말인가?'

이제까지 들어오게 해놓고 마지막에 와서 허가 운운하는 것에 바짝 화가 치밀어 올랐다.

—신분을 밝혀라!

신분을 밝히라는 것을 보니 상대가 이성이 존재한다는 것임을 깨달았다.

"나는 이안 레이너다. 락토르 왕국의 기사이자 10641백인대 대장이다!"

—락토르 왕국에 대한 정보가 없다. 허가받지 못한 존재로 분류한다.

"이, 이런……."

허가받지 못한 존재라고 하는 말에 이안은 뭐 이런 어이없는 경우가 있나 싶었다. 그러면서 생각해 보니 이 던전의 건축 양식이 400년 전에 멸망한 리하르트 왕국의 양식이라는 것이 떠올랐다.

"락토르 왕국은 리하르트 왕국 멸망 이후에 건국된 나라다! 어떤 의미에서는 리하르트 왕국의 적통을 이은 나라라고 할 수 있다!"

이안이 소리치자 예의 음성이 다시 들려왔다.

─락토르 왕국이 리하르트 왕국을 이은 것이 확실한가?

"맞다! 내 이름은 이안 레이너! 리하르트 왕국의 귀족가 레이너 가문을 혈손이다! 이 팔찌를 보라!"

─레이너, 확인하도록 하겠다. 팔찌를 낀 손을 마법진 위에 올려라.

이안은 그 음성이 시키는 대로·마법진 위에 손을 올렸다. 뭔가 따뜻한 기운이 팔찌를 낀 손목을 스치고 지나갔다. 그 뒤 측량이 불가능할 정도의 마나가 움직이고 뇌에서 뭔가 빠져나가는 듯한 느낌이 들었다. 그렇게 한참 동안의 인증 작업 후 예의 음성이 들렸다.

─이안 레이너, 렉시온 레이너의 후예임을 인정한다.

"뭐? 렉시온 레이너?"

깜짝 놀란 이안의 목소리가 공동을 뒤흔들었다. 레이너 가문의 시조이자 대륙을 뒤흔들었던 마검사 렉시온의 이름에 가슴이 쿵쾅거려 자신도 모르게 소리를 지른 것이다.

레이너 가문은 그가 세웠지만 그가 어느 날 갑자기 사라진 이후 몰락의 길을 걸어야 했다.

그 가문의 혈손이었으니 그의 이름을 듣는 것만으로도 뭔지 알 수 없는 기이한 심정에 휩싸인 것이다.

─리하르트 왕국 멸망 인정! 인증 확인! 새로운 마스터 이안 레이너 확인! 인증 완료! 소환 코드명 아레나!

계속 이어지는 소리에 정신이 없던 이안은 소환 코드명 아레나라는 말과 함께 새로운 마스터라는 말에 물었다.

"내가 마스터라는 말인가?"

─그렇습니다, 마스터.

곧바로 들려온 대답에 이안은 그 목소리가 이 던전을 지키는 존재 같은 것으로 추측했다. 인간의 목소리라고 하기에는 약간 이상한 느낌도 있었고, 그것에 그 어떤 감정도 깃들지 않았다는 것에 기인한 것이다.

"문을 열어줘."

─문을 오픈합니다.

끼기기기기기깅!

강철로 이루어진 문이 서서히 움직였다. 좌우로 벌어지는 강철 문으로 인해 석실이 흔들렸다.

"아레나! 에일리도 들어가면 안 되는 건가?"

―에일리라는 코드명은 존재하지 않습니다.

"아! 저기 있는 저 친구를 말하는 거야."

이안이 가리키자 그제야 인식했는지 아레나의 목소리가 다시 들려왔다.

―코드명 엘리스를 지칭하는 겁니까?

"그래. 내가 에일리라는 이름을 붙여주었어."

―코드명 교체를 허락하시겠습니까?

"그래, 허락한다."

―코드명 엘리스를 코드명 에일리로 교체합니다. 교체 완료!

에일리에 대한 코드명 교체가 끝나자 아레나는 이안의 첫 물음이었던 출입에 대해 이야기했다.

―마스터의 허락이 필요합니다. 코드명 에일리의 출입을 허락하시겠습니까?

"물론 허락한다."

이안이 허락하자 에일리와 강철 문 사이를 막고 있던 흐릿한 마법적인 빛이 약간의 변화를 일으켰다. 그러자 시무룩하게 늘어져 있던 에일리의 두 눈이 반짝였다.

캬웅!

기쁨을 호소하는 에일리의 목소리에 이어 이안의 옆으로 어슬렁거리며 다가왔다.

"후후! 녀석도 참."

이안은 에일리의 등판을 가볍게 쓸어주었다. 그러자 이전과는 사뭇 다른 반응이 에일리에게서 일어났다.

'내가 마스터가 된 것과 관련이 있는 건가?'

이안은 아레나에게서 마스터로 인증되자 에일리의 반응이 이전과는 확연하게 바뀐 것에 주목했다. 시큰둥하기만 하던 눈빛이 뭔가 충성스러운 짐승으로 변화한 듯싶었다.

"들어가자."

"캬릉!"

즐거워하는 에일리를 데리고 강철 문을 지나 안으로 들어갔다. 그러자 모습을 드러낸 것에 이안의 눈이 흔들렸다.

'이, 이건 도대체 뭐지? 허어.'

석실은 석실이라고 부르기엔 어색할 정도로 거대했다. 그리고 그 중앙에 위치한 거대한 보석은 입이 떡 벌어지게 만들 정도로 컸다. 성인 세 명이 팔을 벌리고 안아야 할 정도로 굵고 길이는 4미터 정도에 이르는 보석이 허공에 둥둥 뜬 채 기이한 기류를 흩뿌렸다.

"아레나!"

─말씀하십시오.

"저 보석은 도대체 뭐지?"

이안의 물음에 아레나가 보석에 대해서 설명했다.

ㅡ이 던전은 저 보석으로 인해 만들어졌습니다.

"저 보석이 뭐기에……."

ㅡ하늘에서 떨어진 운석입니다. 리하르트 왕국은 운석의 충돌로 인해서 생겨난 디멘션게이트를 막기 위해 렉시온 레이너, 엔디 가르시아, 포브즈 락칸…….

아레나의 설명을 들으며 이안은 이 던전과 헬카이드의 배꼽이 왜 만들어졌는지 알게 되었다. 하늘에서 떨어져 내린 운석은 신비한 힘이 깃든 것이고, 그것이 지면과 충돌하며 마계로 통하는 문이 열렸다는 것이다. 그리고 자신의 선조인 렉시온 레이너는 세계의 멸망을 막기 위해서 마계에서 올라온 마물들과 싸우다 장렬하게 전사했다는 것도 알게 되었다.

마지막 순간까지 버텨준 전사들의 희생을 바탕으로 마법사들은 운석을 매개체로 하여 마계의 통로를 봉인하는 것에 성공했다는 것을 끝으로 아레나의 설명은 끝났다.

ㅡ마지막 마스터였던 대마법사 프록시나 레이첼 님의 소멸 이후 새로운 마스터를 기다려왔습니다.

"그런 일이 있었구나. 거참, 대단하네."

리하르트 왕국은 비밀리에 마계의 통로를 막기 위해 모든 전력을 투사했고, 그 결과로 왕국은 멸망에 이르렀다는 것은 숨겨진 비사였다.

다른 나라들이 마계의 통로를 이용하여 왕국을 흔들 것을 염려한 행동이었지만 그것이 결국 그들의 숨통을 끊는 비수로 작용했다는 것이다.

'차라리 세상에 공표하고 전 대륙의 도움을 구하는 것이 나았을 것을. 미련한 자들.'

한편으로는 이해가 가는 일이지만 세상의 모든 일은 결론이 나쁘게 나면 어리석은 행동이 되어버린다. 이안 레이너 역시 그런 세상 사람 가운데 하나이기에 그런 결론을 내릴 수밖에 없었다.

"아참, 내 할아버지 렉시온 레이너의 사체는 어디에 있지?"

이안은 이곳을 빠져나갈 때 렉시온의 사체도 함께 모셔가서 가문의 묘지에 이장할 생각으로 물었다.

─렉시온 레이너 님의 묘를 개방합니다.

그르르르룽!

렉시온의 묘를 개방한다는 말이 끝나기가 무섭게 좌측의 벽면이 흔들렸다. 그리고 서서히 벽면이 밀려나오고 네모반 듯한 관 위에 놓인 렉시온의 시신이 보였다.

'이분이 할아버지신가?'

이안은 다가가 렉시온의 시체를 살펴보았다. 죽음으로 인해 하얗게 변한 피부 외에는 생전의 복장을 그대로 시체는 완벽하게 보존되어 있었다.

'저건… 부장품인가?

렉시온의 검으로 보이는 롱소드가 놓여 있고, 그가 생전에 사용했던 물품들이 같이 잠들어 있었다.

'아, 이런!'

피의 각성을 통해 두 명의 또 다른 기억을 어렴풋이 갖게 된 이후로 연장자에 대한 생각 자체가 특이하게 바뀌어 버린 이안이었다.

하지만 자신의 육신을 갖게 해준 가문의 선조에 대한 것은 절대 부정할 수 없다고 여겼다. 하여 할아버지의 시신을 보고도 인사도 올리지 않은 것이 뒤늦게 생각나 부장품에서 눈을 떼며 정중하게 인사를 올렸다.

"레이너 가문의 차남 이안 레이너가 할아버지께 인사드립니다."

이안은 인사를 마치고 고개를 들었다. 그리고 할아버지가 남긴 부장품들을 집어 들었다.

'검과 작은 가방, 그리고 이것은……'

부장품 중에 가장 눈길을 끄는 것은 다름 아닌 제법 두꺼운 두 권의 서책이었다. 겉표지에 적혀 있는 브레이브소드라는 명칭이 렉시온이 남긴 검법서라는 것을 확인시켜 주었다.

"아아!"

레이너 가문이 몰락한 이유는 가장 큰 것이 렉시온의 실종이었다. 그리고 그가 실종됨으로써 사라져 버린 브레이브소드의 후반부 6초식이 두 번째 이유였다. 그나마 마나브레스가 온전하지 않았다면 지금은 귀족으로서의 이름마저 사라져 버렸을 것이다.

'일단 살펴보자. 완전한 내용인지.'

이안은 지금까지 렉시온 검술이라고 알려져 있는 브레이브소드가 적혀 있는 양피지 책자를 넘겼다. 전반부 6식은 자신도 익히고 있는 것이라 나머지 후반부 6식을 살피고자 하는 마음에 조바심이 들었다.

'이, 있다!'

이안은 후반부 6식의 검술에 관한 것을 살피며 격동으로 부들부들 떨어야 했다. 전반부 6식은 수비식이 5초식이고 나머지 1초식이 공격에 관한 초식이었다. 하여 레이너 가문은 방어에 특화된 검술이라는 소리를 들어야 했다. 좋게 말해 그렇고 나쁘게 말하자면 반쪽짜리 검술이었다.

'이런 것이 운명이라는 것인가? 뜻하지 않은 기회에 잃어버린 가문의 비기를 되찾을 줄이야.'

이안은 다시 한 번 렉시온의 시신에 고개를 숙인 후 다른 부장품들을 살폈다. 살아생전 마검사로 유명했던 렉시온의 부장품은 그 이름값만큼이나 뛰어난 아티팩트들로 구성되어 있었다.

'내 이것을 모두 익혀내서 시밀로프 후작… 그 배덕자들의 심장에 레이너 가의 검을 꽂아줄 테다!'

이안은 이 던전 안에 있는 것들이 자신에게 강대한 힘을 줄 것임을 믿어 의심치 않았다.

운명이 자신을 이리로 이끌었다면 그에 맞는 임무 또한 함께 맡긴 것이라 생각했다. 물론 그 임무가 무엇인지는 아직 모르지만 중간에 아주 작은 자신의 복수를 끼워 넣는 것은 자신에게 신이 베푼 선물일 것이다.

4장
문을 열 수 있다면

이안은 던전의 마스터의 권한으로 리하르트 왕국의 영웅들이 남긴 유품을 모두 회수할 수 있었다. 할아버지가 남긴 검술서와 마법서를 비롯해 열두 명의 영웅이 남긴 그들의 유진을 모두 얻은 것이다.

'할아버지는 가문의 묘역으로 모시고 나머지 분들은… 이곳에서 영면하게 하는 것이 좋겠다.'

이안은 렉시온이 남긴 무한의 가방에 그의 시신을 옮겼다. 나머지 영웅들의 시신은 그대로 관을 닫고 원래대로 봉해놓는 것으로 마무리 지었다.

"아레나, 내가 더 알아야 할 것이 있나?"

―던전의 능력에 대해서 브리핑하겠습니다. 우선 방어 시스템에 관한 것부터 알려드리겠습니다.

방어 시스템은 던전을 누군가가 침입했을 때 그것을 막기 위한 것으로 대마도사이던 프록시나 레이첼의 능력을 총동원하여 만들어진 에고 시스템과 각종 마법 함정에 관한 것이었다.

―마지막으로 방어용 쥘베른 다섯 기가 배치되어 있습니다.

쥘베른이라는 말에 이안은 렉시온의 유진을 회수한 것만큼이나 놀랐다.

'쥘베른이라면… 기간트의 할아버지라고 불리는 그 기체를 말하는 거잖아!'

지금도 기간트는 어마어마한 전투 병기로 세상을 뒤흔드는 물건이다. 솔저, 워리어, 나이트, 킹, 레전드급으로 분류되는 기간트들은 솔저급의 기체만 해도 10만 골드가 넘어가는 엄청난 병기였다.

'내 기억에 쥘베른은 초창기 기간트로 0.6이나 0.7 정도의 출력을 내는 마나코어를 지니고 있었는데… 지금은 박물관에나 가야 볼 수 있는 마장기의 역사를 볼 수 있다니.'

이안은 쥘베른을 보고 싶은 생각에 아레나에게 쥘베른을

보여 달라고 말했다.

"아레나, 쥘베른을 보고 싶은데, 가능하겠어?"

―가능합니다. 원반 위에 오르십시오.

"응? 아!"

이안은 바닥에서 원반 형태의 물체가 부유하듯 다가오는 것에 그것이 이동 수단이라는 것을 알 수 있었다. 전술 병기로 불리는 비공정의 원리도 저렇게 부유 마법을 기반으로 이루어져 있음을 상기했다.

"가자!"

"캬웅!"

에일리는 이안의 옆으로 서둘러 뛰어올랐다. 두 존재가 원반에 오르자 서서히 운석을 지나쳐 한곳으로 이동했다.

기이이이이잉!

서서히 열리는 거대한 벽면의 틈으로 원반이 통과하고 그 뒤쪽에 새로운 공간이 드러났다. 그리고 그곳에 늠름한 자태를 드러내고 있는 기간트 쥘베른이 보였다.

'왕국을 뒤엎는 것은 몰라도 그 개자식들에게 한 방 먹일 수는 있겠군. 이시모프 후작 그 썩을 녀석에게.'

이안은 쥘베른을 보며 격동을 금할 수 없었다. 개인적인 능력으로는 하버 자작가는 몰라도 그 뒤에 버티고 있는 이시모프 후작가는 이겨낼 수 없었다. 하지만 이 쥘베른을 비롯한 리하르트 왕국의 유산을 이용한다면 자신이 원하는 강력한 힘을 가질 수 있을 것이다.

"후후! 기간트가 있어도 고민이군. 그 막대한 마나석은 어떻게 할까."

이안도 돈이 많았다면 라이더가 됐을 것이다. 몰락한 남작가의 열악한 사정으로는 라이더가 되기 위해 수련하는 동안 사용되는 마나 코어를 감당하지 못해서 포기한 기억이 떠올랐다.

"한 시간을 움직이기 위해서 들어가는 마나석 값만 200골드. 돈이 썩어나는 가문이 아니라면 기간트는 소유하기도 어렵지."

마나 코어에 들어가는 마나석은 최소가 하급 마나석은 되어야 기간트를 움직일 수 있었다. 하급의 마나석이라고 해도 그 가격은 200골드, 그걸로 움직일 수 있는 시간은 고작 한 시간 정도였다.

동화력이 어느 정도인가에 따라 다르지만 기간트 라이더가 되기 위해서는 최소 300시간의 기초 운행을 수료해야 수습 라이더의 자격증을 받을 수 있었다.

'이걸 움직이는 것도 어려운 일이겠군.'

쥘베른을 보는 것은 좋았지만 그걸 움직이려면 큰돈이 들어간다는 것이 문제였다. 그것 때문에 왕국에서 보유한 기간트의 숫자도 300여 대 정도에 불과했다.

나머지는 적어도 백작 가문은 되어야 서너 대씩의 기간트를 소유할 수 있었다. 평민이나 돈 없는 하급 귀족은 기간트라이더가 되는 것을 상상도 할 수 없는 시대가 바로 지금인 것이다.

"아레나, 이걸 움직일 수 있나?

―물론입니다. 언제든 움직일 수 있도록 마나석이 준비되어 있습니다. 마나석을 보관하고 있는 보관함을 개방하시겠습니까?

"그래? 어서 열어봐!"

이안은 눈이 번쩍 뜨였다. 마나석을 보관하고 있다면 평생의 꿈인 기간트를 타보고 싶었던 것이다.

기기기기깅!

또다시 벽면이 움직이고 그곳에서 나타난 커다란 보관함은 이안의 눈이 더 이상 커지지 않을 만큼 커지게 만들었다.

"헉!"

헛바람 빠지는 소리를 낸 이안은 그 안에 들어 있는 마나석을 보곤 경악했다.

"이, 이건……!"

마나석이라고 부를 수 없는 마나석, 바로 인위적으로 만들어진 인공 마나석이었다. 풍기는 기운의 힘으로 보아서는 최소 상급의 인공 마나석이 수북하게 쌓여 있었다.

"이걸 누가 만들었지?"

이안은 인공 마나석을 만든 사람이 누구인지 물었다. 아직까지 인공 마나석에 관한 것은 연구만 되고 있을 뿐 완성시킨 사람이 없었다. 마법 수업을 들은 이안도 그런 연구가 있다는 것을 알 뿐 만들었다는 사람에 대해서는 들어본 적이 없다.

'이걸 내가 손에 쥔다면⋯ 이 대륙을 뒤집을 수도 있다!'

마법계의 혁명이라고 해야 할 물건을 보고 이안은 숨이 멈추는 것만 같았다.

─프록시나 레이첼 님이 만드신 겁니다. 단지 만드는 공식에 관한 것은 남겨져 있지 않습니다.

"이런, 안타깝군."

만약 그 만드는 공식이 남아 있다면 자신은 그것을 바탕으로 이 세상 최고의 부자가 될 수 있을 것이다. 물론 그것을 세상에 드러내는 순간 죽을 수도 있겠지만 말이다.

─대신 인공 마나석을 재활용할 수는 있습니다.

"재활용이 가능하다는 건가? 어떻게?"

─운석은 파악 불가능한 양의 마나를 품고 있습니다. 흘러나오는 마나를 바깥으로 배출하고는 있지만 그 마나가 너무 많아서 그걸 이용하여 마나석에 마나를 채울 수 있습니다. 재활 용기는 레이첼 님께서 돌아가시기 전에 만들어놓으

셨습니다.

"다행이다."

이안은 보관함에 쌓여 있는 인공 마나석의 수가 적어도 500개는 넘는다는 것을 눈대중으로 확인했다. 그 정도의 인공 마나석이 계속해서 재활용이 가능하다면 기간트의 운행은 너무도 쉬운 일이다.

"아레나, 쥘베른에 탈 수 있을까?"

─물론입니다. 마스터 인증을 맺으시겠습니까?

"그래. 저걸로 하지."

맨 우측의 은백색의 아름답다고 해야 할 기체를 가리켰다. 미끈하게 빠진 바디 라인을 가진 쥘베른은 체고 9.3미터에 동체 중량 15톤, 방패와 워소드 형태의 무장을 한 모델이었다. 지금은 솔저급의 최하급 기간트만 해도 체고 10미터는 가뿐히 넘는 것에 비교하자면 상당히 아담한 사이즈였다.

─선반에 놓인 인증 아이템을 착용해 주십시오.

선반에 놓인 것은 기하학적인 문양이 양각되어 있는 아름다운 팔찌였다. 백금으로 만들어진 팔찌는 가운데 커다란 보석이 박혀 있고 그것을 중심으로 하여 마법진이 양각되어 있는 형태였다. 선조인 렉시온이 남긴 팔찌와 그 색깔만 다를 뿐 똑같은 형태로 이루어져 있었다.

'좋군.'

팔찌에서 전해오는 감촉은 상당히 좋은 편이었다. 보석 역시 마나석으로 아티팩트의 에너지원을 담당하는 것으로 거기서 느껴지는 마나로 인해 팔목이 시원해지는 느낌을 받았다.

─나는 리하르트 왕국의 기간트 XR317호. 나와 계약을 하겠는가?

아레나의 여성체 목소리와는 다른 굵직한 음성이 기간트에게서 들려왔다. 어느새 기간트의 두 눈 부위에서 파노라마 라이트가 흘러나오고 있었다.

"나는 이안 레이너. 너와 계약을 하겠다.

─알았다. 이안 레이너와의 계약을 승인한다. 나 XR317호는 임시 코드명이다. 새로운 코드명을 지정해 주기 바란다.

"코드명이라……. 음, 라피드로 하지. 이제부터 너의 코드명은 라피드다."

신화 속의 어떤 존재의 이름인 라피드는 바람과 사냥에 관련된 존재의 이름이다. 미끈하게 빠진 동체를 지닌 췰베른에게는 딱 어울리는 코드명이라 그렇게 정했다.

─코드명 변경. 이제부터 나의 이름은 라피드이며 소환 구동어 역시 라피드로 하겠다. 마스터를 환영한다.

후웅! 스스스스슛!

말을 마침과 동시에 라피드의 동체가 흐릿한 그림자가 되어 사라져 버렸다.

"헉!"

이안은 갑자기 사라진 라피드를 찾았다. 지금까지 그 어떤 기간트도 이렇게 소리 소문 없이 사라지는 것을 본 적이 없었다.

"아레나! 라피드는 어디로 간 거지?"

─아공간으로 돌아갔습니다. 레이첼 님에 의해서 다섯 기의 퀼베른은 아공간 이동이 가능하게 개조되었습니다.

"아, 아공간이라니… 레이첼 님은 엄청난 분이셨나 보구나."

아공간을 만들 수 있는 마법사는 7클래스에 이른 자만이 가능했다. 그것도 아주 작은 공간을 아공간으로 가질 수 있기에 기간트가 들어갈 정도의 아공간을 가지려면 적어도 8클래스의 마스터이어야 가능했다.

결국 기간트들은 주기고에서 대기하며 라이더들이 직접 타고 이동해야 하는 병기였다. 그 덕분에 전투 병기라는 소리는 들어도 전술 병기라는 별칭은 들을 수 없는 존재였다.

"라피드 소환!"

이안은 팔찌에 마나를 주입하며 라피드를 소환했다. 그러자 바로 앞에 모습을 드러내는 라피드의 동체를 확인할 수 있었다.

"라피드에 탑승하겠다."

―마스터의 탑승을 환영합니다. 소환!

이안의 몸이 마법진에 의해서 사라지고, 그는 라피드의 동체 안에 있는 조종석으로 이동했다.

―시스템 활성화합니다. 5, 4, 3, 2, 1. 코어 온!

우우웅! 파앗!

파노라마 라이트로 인해서 조종석의 시야가 확보되자 거대하던 석실이 약간 넓은 석실로 비쳐졌다.

―동화율 체크! 10%… 20%… 30%… 37… 38… 동화율 한 계치 임박!

라피드의 보고에 이안은 쓴웃음을 지었다. 동화율은 라이더와 기간트 사이의 일체감을 지수로 나타낸 것으로 이안이 생각하는 바대로 움직이는 체고의 지수가 100%였다. 자신의 몸처럼 움직이는 단계인데 38%라는 것은 엄청나게 낮은 수치였다.

'떠그럴, 적어도 50%는 나올 줄 알았건만.'

왕국에서 전략적으로 키운 라이더들은 최소 70%의 동화율을 가지고 있었다.

그들도 처음에는 자신과 같았겠지만 사람은 스스로를 남들보다 대단하게 판단하는 경향이 약간씩은 있지 않던가.

"어떻게 움직이는 거지?"

―저는 마스터의 의지력에 반응하여 움직입니다.

"아, 알겠다."

라이더 교육을 받은 적이 없기에 기간트를 움직이는 방법조차 모르는 숙맥이 이안이었다. 한 시간에 200골드나 하는 마나석을 소모하며 기간트 교육을 받을 수는 없었기 때문이다.

'움직여라. 앞으로 걸어간다. 앞으로……'

이안은 의지력으로 움직인다고 생각하고 자신의 몸을 움직이듯이 의지를 돋웠다.

기잉! 쿠웅! 기잉!

"오오! 움직인다!"

이안은 기간트를 움직였다는 것에 너무나 기쁜 나머지 의지력을 돋우기는커녕 소리를 지르며 기뻐했다.

"앗! 미안! 다시 가자고!"

다시금 의지력을 돋워 너른 석실을 한 바퀴 돈 후에야 이안은 라피드에서 내려 중앙 공동으로 돌아왔다.

─다음은 마스터께서 해야 할 주 임무에 대해서 알려드리겠습니다.

"주 임무? 이야기해 줘."

주 임무가 무엇인지 그것이 궁금했다. 이 던전이 유지되고 있는 이유 또한 그것일 것이니 새로운 던전의 마스터가 된 자신이 반드시 해야 할 임무이리라.

─디멘션게이트를 봉인했지만 완벽한 것은 아닙니다. 오랜 시간이 흐르면서 위쪽의 봉인이 약해지는 것을 보면 아래쪽에서 무언가가 게이트를 열려고 하는 것으로 레이첼 님의 추측이 있으셨습니다.

"게이트를 열려고 하는 존재라… 마계이니 마족일까?"

─알 수 없습니다. 마스터께서는 게이트를 열려고 하는 존재를 파악하고 그들을 막아야 합니다.

"존재를 파악해? 어떻게 하라는 말이지?"

─게이트를 열고 안으로 들어가시면 됩니다.

"뭐? 문을 열 수 있다고? 그럼 나보고 마계로 가라는 소리야?"

마족과 싸운다면, 그것도 마계에서 싸운다면 자신 정도는 순식간에 목이 떨어질 것이다. 전설로 내려오는 마족들은 드래곤과 동급의 전투력을 가진 존재들이니 99.9% 확실하다.

─게이트를 열지 않으면 운석에 저장되는 마나를 더 이상 버티지 못합니다. 그것 때문에 지상의 존재들이 이상하게 변한 것으로 추측하고 있습니다.

"아, 그래서 이 헬카이드의 배꼽에 서식하는 몬스터들이 이상하게 변한 거였군."

아레나의 말을 들으니 위쪽에 서식하는 몬스터들의 상태

를 알 수 있었다. 보통의 몬스터보다 배는 더 강력한 힘과 지성을 가지고 있는 놈들은 운석에서 흘러나가는 마나 때문에 그렇게 변모한 것이었다.

"언제 디멘션게이트를 열어야 하는 거지?"

―지금이라도 당장 열어서 운석의 마나를 사용해야 합니다. 아직까지는 괜찮았지만 언제 운석이 폭발할지 그것은 추측할 수 없습니다.

아레나의 말대로라면 마나가 쌓이다 못해 폭발하기 직전의 상태라 할 수 있었다. 디멘션게이트를 열려면 상상을 초월하는 마나가 필요할 것이고, 운석에 쌓인 마나를 해결할 수 있을 것이다.

'한번 가볼까?'

이안은 마계라는 곳을 한번 가보고 싶다는 생각을 가졌다. 췰베른을 가지고 간다면 제 아무리 강력한 마족이라고 해도 빠져나올 시간은 벌 수 있을 거라는 막연한 생각에 기인한 것이다.

"췰베른을 마계에서도 사용할 수 있나?"

―불가능합니다.

"뭐? 그, 그럼 렉시온 님은 마계의 존재를 어떻게 막은 거지?"

기간트를 가지고도 마족과 싸우는 것이 어려웠을 것이 분명했다. 그런데 기간트를 사용하지 못한 렉시온과 열두 명의 영웅은 어떻게 디멘션게이트를 지켰을지 상상이 가지 않았다.

―마계의 마나는 중간계의 마나와 그 성질이 다릅니다. 따라서 순수한 마나석의 마나로만 가동을 할 수 있고 중간계의 1/10의 구동 시간을 가집니다. 그리고 마나의 이상 발현으로 동화율에 치명적인 오류를 일으킨다는 보고가 남아 있습니다.

"아, 그런 이유가 있었군."

마나석을 이용하는 것이니 가동은 할 수 있지만 이상 발현으로 인해서 라이더의 의지대로 기간트가 움직이지 않는다는 것이다.

지금 기간트를 상대하기 위해 각국에서 개발하고 있는 마나탄이라는 무기는 그런 성질을 이용하여 기간트의 마나 코어에 이상 마나를 강제 주입하는 식으로 동화율을 떨어뜨리는 것이었다.

'별수 없나? 몸으로 때우는 수밖에.'

어찌 되었든 디멘션게이트를 가동해야 한다는 소리다. 가동하고 다시 닫을 때까지 그 안으로 들어가서 마계를 살필 수 있다는 소리이니 마스터로서의 임무를 수행해야 했다.

'단단히 준비한 다음에 들어가야겠다. 어설프게 준비했다

가는 죽기 딱 좋을 테니까.'

이안은 숭고하게 쓰러져 간 영웅들이 남긴 물건 중에서 꽤 많은 아티팩트가 생각났다. 그것들을 이용하면 그 안에서의 생존 확률도 올라갈 것이다.

"아참!"

이안은 자신의 옆에 엎드린 채 멀뚱멀뚱 눈을 뜨고 있는 에일리에게 시선을 옮겼다. 에일리의 전투력이라면 그 안에서도 상당한 도움이 될 것 같다는 판단이 들었다.

"에일리도 들어갈 수 있지? 그리고 에일리의 정체는 뭐지? 그저 가디언인가?"

─물론입니다. 코드명 에일리는 레이첼 님에 의해서 던전의 가디언이 된 존재의 후예로 수인족입니다.

"수인족? 진짜?"

에일리의 정체가 수인족이라는 말에 이안은 깜짝 놀랐다. 수인족은 강력한 전투력을 지닌 지성체로 그 수가 많지 않아 상당히 고가에 팔리는 전투노예로 유명했다.

'수인족이면 왜 변신하지 않는 거지?'

이안은 에일리의 변신 모습을 보지 못해서 지금까지 그저 강력한 야수 정도로 여겼다.

"에일리!"

이안이 부르자 엎드려 있던 에일리의 고개가 슬쩍 들렸다.

왜 자신을 부르느냐는 듯한 에일리의 눈빛에 이안은 빠르게
말을 이었다.

"너 변신할 줄 모르는 거냐?"

"끼잉!"

에일리는 변신이라는 말에 그게 뭐냐는 듯이 고개를 갸웃
거렸다. 왜 이런 상황이 벌어진 것인지 이안은 알 수 없었지
만 뭔가 문제가 있다는 것은 파악 가능했다.

"아레나, 에일리는 자신이 수인족이라는 것을 모르고 있는
건가?"

─코드명 에일리의 전대 가디언은 던전을 공격해 온 사이
클롭스를 막다 전사했습니다. 에일리는 당시 새끼였기에 전
대 가디언의 교육을 받지 못했습니다.

"이런, 그런 일이 있었구만."

아쉬운 일이었다. 수인족은 야수의 상태로 있을 때보다 수
인화를 이룬 상태에서 더 강력한 전투력을 발휘하는 존재였
다. 성체가 되면 익스퍼트급의 전투력을 갖추었고 나이가 올
라감에 따라 마스터 바로 아래 단계까지의 전투력을 발휘한
다.

"에일리를 수인화시킬 방법은 없을까?"

이안의 물음에 아레나는 너무도 쉽게 그의 걱정을 해결해
주었다.

─레이첼 님이 남긴 피의 각성 마법을 시전하면 전대 가디언의 능력을 발휘할 수 있을지도 모릅니다.

"정말? 그럼 왜 지금까지 그냥 둔 거지?"

─마스터의 명령 없이 독단적으로 수행할 수는 없습니다.

"큭! 지금이라도 피의 각성 마법을 시행하도록!"

─마스터의 명령을 따릅니다. 피의 각성 마법을 가동합니다!

아레나의 음성이 끝나기 무섭게 커다란 운석의 윗부분에 만들어져 있는 아레나의 본체에서 마나가 움직였다.

웅! 웅! 웅! 웅!

진동하는 마나가 마법진을 만들어내고 가만히 엎드려 있는 에일리에게 그 빛이 스며들기 시작했다.

"키아앙!"

에일리는 갑작스런 현상에 기겁하며 울부짖었다.

"가만히 있어. 너에게 결코 나쁜 일이 아니야. 참아."

수인족이기에 인간인 자신의 말을 어느 정도 이해한 것이라 생각했다. 그래서 다른 사람에게 말하듯이 참으라고 강력하게 주문했다. 그래서인지 에일리는 발버둥을 멈추고 끙끙거리며 참는 듯이 보였다.

'버텨라. 나는 네가 수인화된 모습을 보고 싶으니까.'

이안은 기대에 찬 시선으로 마법이 종료되기를 기다렸다.

에일리의 수인화된 모습은 어떤 모습일까 상상하는 것으로 기나긴 시간을 버틸 수 있었다.

"잠깐, 나도 피의 각성 마법을 받을 수 있을까?"

―마스터께서는 피의 각성 마법을 받을 필요가 없습니다만.

이안은 아레나의 대답에도 자신의 생각이 옳은지 확인하고 싶었다. 흐릿한 두 사람의 기억을 피의 각성 마법을 통해서 조금이라도 뚜렷하게 각성할 수 있었으면 하는 바람이었다.

"아니, 나에게도 피의 각성 마법을 시전해."

―하지만……. 알겠습니다. 마스터의 명령대로 피의 각성 마법을 시전합니다.

후웅! 휘류류류류류룽!

아레나의 에고가 레이첼이 남긴 마법진에 다시 마나를 불어넣고 마법을 가동시켰다. 찬란한 빛이 이안의 전신을 감싸자 갑작스런 통증으로 그는 머리를 부여잡고 몸을 꿈틀거렸다.

'으윽… 크으윽…….'

머리를 쥐어뜯는 고통에 이안은 이를 앙다물었다. 점점 더 심해지는 그 고통 가운데 조금씩 자신이 흐릿하게 기억하던 과거의 두 존재에 대한 것이 눈에 보이듯이 스쳐 지나갔다.

그러나 그 기억의 파편은 정립되지 않은 개개의 존재로 연관성은 찾아볼 수 없는 그런 것들이었다. 그리고 그마저도 너무도 짧게 끝나 버렸다.

"아아……!"

고통이 사라지며 이안은 잠깐 엿본 두 사람의 또 다른 기억에 혼란스런 표정을 지어야 했다.

"역시 내 생각이 맞았어."

강한성이라는 이계의 사람이 가졌던 그 기억의 파편 중에 이안은 페르온의 사상이 잘못된 것이라는 점을 깨달을 수 있었다.

'공화정이라고 해도 꼭 최선은 아니다. 어떤 의미에서 보자면 아름다운 독재가 더 옳을 수도 있는 거지.'

이안은 강한성의 기억을 통해서 몇몇 이계의 존재에 대한 것을 보았다. 그리고 그들이 행한 아름다운 독재가 사람들을 어떻게 바꾸는지도 어렴풋이 엿볼 수 있었다. 그러나 모든 체제는 장단점이 있기 마련이고, 사람들이 모두 엘프와 같다면 강한성의 기억에서 본 사회주의라는 사상이 세상을 가장 아름답게 살아갈 수 있게 할 것이다.

'하지만 인간은 엘프가 아니지. 욕심이 없는 인간은 존재하지 않으니까.'

이안은 아무 도움도 안 되는 기억들을 본 것에 인상을 찌푸리며 고개를 털어냈다. 먼 훗날 자신이 큰 힘을 가지게 된다면 절대 페르온과 같은 멍청한 짓은 하지 않겠다는 것을 교훈으로 얻은 채 피의 각성을 끝냈다.

'내 정신 좀 보게. 이럴 때가 아닌데.'

이안은 기다리는 동안 정신이 번쩍 들게 하는 생각 하나로 인해 빠르게 움직였다.

'군단 행정본부의 통신 코드가 뭐였더라?'

이안은 대마법사 레이첼이 남긴 마법 수정구를 들고 서둘러 마법 통신을 시도했다.

지이잉!

―여기는 락토르 왕국 1군단 행정본부 부속실이다. 통신을 연결한 이는 누구인가?

반가운 목소리에 이안은 서둘러 자신의 정체를 밝혔다.

"10641백인대의 대장인 기사 이안 레이너입니다."

―뭐라? 이안 레이너 경이 확실한가?

"맞습니다. 이안 레이너입니다."

―마법 통신구를 활성화시키겠네.

"동의합니다."

우웅! 지이이잉!

마법 통신구로 마나가 빨려들어 가고 수정구가 환해지며 상대방의 얼굴이 수정구 안에 나타났다. 반대편에서도 같은 상황이 벌어졌을 것이다.

―이야! 살아 있었구만! 살아 있었어!

군단 행정본부 소속의 마법사는 이안이 부대에 있을 때 날마다 마법 통신을 하던 장본인이었다. 반가운 그의 모습에 이안은 활짝 웃으며 대답했다.

"헬카이드의 배꼽으로 추락할 때 천우신조로 나무에 걸려서 살아남을 수 있었습니다."

―그랬구만. 다행일세. 정말 다행이야.

자신의 생존을 진심으로 기뻐해 주는 것에 이안의 입가에 미소가 감돌았다.

―그런데 자네만 살아남은 건가?

'어떻게 된 거지? 험프리는 어디로 사라진 거야?'

이안은 마법사의 반응에서 험프리가 중간에 사라졌다는 것을 알 수 있었다. 이런 상황에서 험프리에 대해 어떤 식으로 이야기해야 할지 살짝 고민됐다.

"저도 잘 모르겠습니다. 떨어져서 가까스로 살아남은 상황이라……. 그가 살아 있다면 나타나지 않겠습니까?"

―흐음, 그렇구만. 자네라도 살아남은 것이 다행일세. 그런데 헬카이드의 배꼽을 빠져나온 건가?

"그건 아닙니다. 몬스터들의 습격에 쫓기는 바람에 오히려 중앙 부분까지 들어온 상태입니다. 상황을 파악하고 빠져나갈 생각입니다."

―이런, 경의 무사를 빌어야겠군. 아참, 그런데 수정구는 어떻게 된 건가?

"이곳에서 죽은 마법사의 유품 중에 수정구가 있었습니다. 그래 봐야 몬스터 때문에 유품으로 추정할 뿐이지만요."

―그렇구만.

뭔가 말을 끄는 것이 자신을 의심하는 것은 아닌가 하는 생각이 들었다. 수정구 뒤로 보이는 벽면이 너무 반듯한 것도 그렇고, 확실히 이안은 스스로 약간의 실수했음을 인지했다.

'내일부터는 나가서 통신을 해야겠군. 이 던전에 대한 것이 알려진다면… 보통 큰 문제가 아닐 테니까.'

헬카이드의 배꼽은 삼국의 국경이 맞닿는 곳에 위치했다. 하여 어느 나라도 이곳을 자신들의 영역으로 주장하지 못했기에 던전이 무사할 수 있었다.

그런데 락토르 왕국에서 들어오게 된다면 심각한 국경 분쟁이 일어날 수도 있었다. 이 던전에 관한 것은 모두에게 비밀로 묻혀야 한다는 것이 이안의 생각이었다.

"아무튼 하루에 한 번씩 헬카이드의 배꼽을 빠져나가는 것을 보고하도록 하겠습니다."

―그렇게 하게. 나도 위에 보고를 하고 자네의 훈련 중 사망 보고를 철회토록 하겠네. 아! 10641백인대로 발령 내려고

했던 새로운 백인장에 대한 것도 철회하고 임시 백인장을 보내도록 조치하지.

"감사합니다, 보인 마법사님."

―하하! 이게 무슨 대수라고. 우리 군단에서 주목하고 있는 인재가 살아 있다고 하는데 구원병을 파견하지 못하는 것이 미안할 따름일세.

"아닙니다. 내일 또 통신으로 보고하도록 하겠습니다."

―그렇게 하게. 내일 연락을 취하세나.

"넵! 통신 아웃!"

츠츠츠츳!

마법 수정구에서 마나가 빠져나오고 보인 마법사의 모습이 사라졌다. 한숨을 길게 내쉰 이안은 수정구를 무한 가방에 갈무리하고 다시 가디언 프로그램을 전이 받고 있는 곳으로 돌아왔다.

"헉!"

이안은 공동으로 들어오기 무섭게 두 눈을 가렸다. 얼굴에 붉은 빛이 감돌고 가려진 손가락 틈으로 눈을 뜨고 보고 싶은 충동을 억누르느라 마음을 달래야 했다.

"주인, 나… 에일리다."

170cm 정도의 키에 볼륨이 살아 있는 글래머러스한 미녀

가 이안의 앞에 서 있었다. 귀가 있어야 할 부분에 귀가 없는 대신 약간 위쪽에 뾰족한 짐승의 귀가 있는 것이 수인족임을 알게 했다.

"이, 이런……."

아무것도 걸치지 않은 원초적인 모습으로 다가오는 에일리는 아장아장 걷고 있어 묘한 색감을 자아냈다. 이안이 아니라 다른 남자가 그 모습을 봤다면 당장에라도 덮쳤을 정도로 아름답고 귀여운 모습이 공존했다.

"주인, 나… 싫어하나?"

아직 말을 하는 것이 서투른 에일리는 두 손으로 눈을 가리고 있는 이안의 모습에 시무룩해졌다.

"아, 아니. 그런 게 아니야."

"싫어한다. 그래서 나 안 본다."

에일리의 말에 이안은 일단은 오해는 풀어줘야 하기에 가렸던 두 손을 내렸다. 그리고 최대한 다른 부위는 안 보도록 노력하면서 에일리의 눈을 마주 보았다.

"혜에. 주인, 나 싫어하지 않는다."

"그래. 나는 에일리를 싫어하지 않는단다."

그렇게 말하는 순간 자신도 모르게 눈이 아래로 향했다.

'헉! 가슴이… 이, 이런…….'

어린아이 얼굴 정도의 크기를 지닌 커다란 가슴은 처지지도 않고 봉곳하게 솟아 있었다. 거기에 작고 앙증맞은 유실은 이안을 도발이라도 하듯이 꼿꼿하게 서 있었다.

'아, 안 되겠다.'

이안은 서둘러 무한의 가방에 들어 있는 로브를 꺼내서 내밀었다.

"이걸 입도록 해."

"이거 뭐냐, 주인?"

옷이라는 것을 입어본 적 없는 에일리는 이안이 건네는 천 조각에 불과한 것을 뚱한 눈빛으로 쳐다보았다.

'후우, 별수 없지.'

이안은 에일리에게 다가가 머리 위에 로브를 씌워주었다.

"아앙!"

앙탈을 부리는 에일리는 로브가 씌워지는 것에 질색했다. 하지만 로브로 가려놓지 않는다면 사고를 쳐도 단단히 칠 것 같다는 생각에 이안은 강제로 진행시켰다.

"후아! 됐다."

이안은 연병장을 100바퀴는 돈 것 같은 피곤함을 느끼며 길게 숨을 몰아쉬었다.

"후후후!"

이안은 로브가 거추장스러운지 이리저리 움직이며 울상이 된 에일리의 머리를 쓰다듬어 주었다.

"앞으로는 그걸 입고 있어야 해. 알았지?"

"히잉! 주인 나쁘다. 하지만 에일리, 따라야 한다."

에일리의 귀여운 표정에 이안은 씨익 웃으며 그녀를 데리고 라피드가 서 있는 주기고로 향했다.

'인공 마나석은 운석이 사라지지 않는 한 얼마든지 충전할 수 있으니 기간트를 능숙하게 다룰 수 있도록 해야 한다. 시간이 별로 없어.'

이안은 기간트 라이더가 될 생각이다. 이전에는 마나석을 댈 돈이 없어서 처음부터 포기했지만 기간트 라이더는 국가적으로 인정받는 인재이고 작위도 받을 수 있었다. 그리고 쥘베른을 자신의 계획을 시작하기 위한 발판으로 사용하려면 라이딩 기술의 습득은 필수였다.

"주인, 또 저거 타나?"

에일리의 물음에 이안은 쥘베른을 가리키며 물었다.

"너도 타보고 싶어?"

"아니다. 에일리는 저딴 거 필요 없다. 에일리 강하다."

"그래, 너는 기간트가 없어도 강해. 하지만 나는 저걸 타야 해. 그러니까 에일리는 여기서 기다릴 수 있지?"

"기다린다. 에일리는 주인을 지킨다. 그게 에일리 임무다."

말을 할수록 기하급수적으로 늘어나는 어휘력에 이안은

그녀의 기억력이 확실하게 자리 잡고 있음을 느꼈다.

"그럼 갔다 오마."

"알았다. 주인 다녀온다."

에일리를 뒤로하고 이안은 자신의 기간트가 된 라피드를 소환했다.

"라피드 소환!"

후우우웅! 스스슷!

거대한 몸체를 드러내며 마법진 위로 솟아오르는 쥘베른의 모습은 언제 보아도 가슴을 뿌듯하게 만드는 무언가가 있었다.

"라피드, 탑승한다!"

―마스터의 탑승을 환영합니다. 소환!

이안의 몸이 마법진에 의해서 사라지고 그는 라피드의 동체 안에 있는 조종석으로 이동했다.

'후훗! 이 뿌듯한 느낌, 반드시 마스터해야겠어.'

이안은 의지를 강하게 일으키며 라피드를 운용하는 연습에 몰입했다. 또 하나의 강력한 힘을 얻게 된 것과 남자라면 이런 기간트에 목숨을 걸 수밖에 없는 본능적인 것이 결합되어 나타난 의욕 상승의 결과였다.

'그리고 반드시 해내야 할 이유가 나에게 있는 한… 나는 부단히 노력할 것이다. 내가 가진 그 빌어먹을 꿈을 위해!'

이안은 동화율을 올리기 위해 조금이라도 더 많은 감각을 느끼려 노력했다. 그 덕분인지 처음보다는 훨씬 부드러운 운행 능력을 보여주고 있었다.

5장

이거, 뭐 이래?

　이안은 며칠 동안 공동에 머물며 기간트의 운용술 습득에 매달렸다. 하지만 열심히 마나가 고갈될 때까지 수련해도 여전히 동화율은 42%에 불과했다. 초급 라이더가 되려면 적어도 50% 이상의 동화율을 보여야 하기에 갈 길이 무척이나 멀게 느껴졌다.

　"오늘도 통신은 끝냈고, 라이딩이나 해볼까?"

　이안은 바깥으로 나가서 마법 통신으로 하루 100미터도 이동하기 어렵다는 거짓 보고를 했다. 이곳에서 해야 할 일이 많은데 부대로 복귀하면 언제 시간을 낼 수 있을지 모르기 때문이다.

'훗! 그랜드크로스가 일어나기 전까지 돌아가면 되는 거지. 그리고 라피드를 이용해서 몬스터 웨이브를 넘길 수 있다면 그게 더 이득이기도 하고.'

이안은 몬스터 웨이브 때문에 부대가 위험해지면 얼마든지 솔저급의 기간트인 라피드를 사용할 생각이었다. 군사박물관에나 가야 볼 수 있는 기간트인 쥘베른은 군부에서도 거들떠보지 않을 것이기에 거리낄 것이 전혀 없었다. 물론 아공간으로 소환할 수 있다는 것만 들키지 않는다는 단서가 붙어 있다.

─마스터, 봉인 마법진에서 이상 징후가 관측되었습니다.

갑작스런 아레나의 보고에 이안은 급히 기간트 주기고를 벗어나 아레나의 본체가 있는 곳으로 달려갔다.

"무슨 일이야? 이상 징후라니?"

이안은 운석의 마나로 유지되고 있는 봉인 마법진으로 다가갔다. 강한 진동을 일으키는 마법진은 시시각각 색깔이 변하며 이상 징후가 있음을 표시했다.

'무슨 일이지? 지금은 마법진이 깨어지면 큰일인데…….'

아직은 괜찮다는 아레나의 보고만 믿고 너무 태평하게 생각한 것은 아닌가 하고 반성도 했지만 이미 벌어진 일이기에 최선을 다해서 수습해야 했다.

—강력한 존재가 봉인된 차원의 틈을 열려고 하고 있습니다. 강한 충격을 받고 있는 것이 그 증거입니다.

"으음, 강력한 존재라……."

마족이라면 문제도 이만저만한 문제가 아니었다. 마족이 만약 누군가의 소환 의식을 거치지 않고 바로 넘어오면 드래곤도 상대가 안 될 정도로 강력한 힘을 지니고 있다는 것이 정설이다. 그런 존재가 넘어오면 제일 먼저 봉인 마법진을 지키는 이안을 제거할 것은 불문가지의 사실이다.

'아무래도 이상 징후가 사라지면 저 마계라는 곳을 가서 확인해 봐야겠어. 만에 하나라는 것이 있으니.'

이안은 자신의 목숨이 사라지는 것보다 봉인진이 깨어져서 마족들이 이 땅을 침공하는 것을 걱정했다. 기사로서, 또 락토르 왕국을 지키는 군인으로서 마땅히 해야 할 임무라고 자임하고 있었다.

꼬박 하루가 지나고 나서야 봉인 마법진의 이상 징후는 사라졌다. 미약하게나마 음습한 마계의 마나가 새어 나올 정도로 강력한 울림에 아레나 역시 걱정을 많이 했다.

"아레나, 마법 봉인진을 해제해야겠다. 안에 무슨 일이 벌어지고 있는지 확인해야겠어."

이안의 말에 아레나는 걱정스런 반응을 드러냈다.

―마스터의 안전이 위험합니다. 렉시온 레이너 님도 보름을 버텼다는 보고가 남아 있습니다. 마스터는 렉시온 레이너 님의 경지에 한참 못 미치는 전투력을 보유하고 있기 때문에…….

"아아! 나도 알아. 하지만 봉인 마법진을 깨뜨리려고 하는 존재가 누구인지는 알아야 하잖아? 그리고 저 아티팩트들을 사용해서 숨어서 지켜보기만 할 거야."

이안은 아티팩트를 이용하여 숨어서 지켜보리라 생각했다. 맞서 싸울 실력이 되지 않기에 봉인 마법진을 깨려고 하는 존재가 마족인지, 아니면 자신이 모르는 미지의 존재인지만 확인할 생각이다.

'적이 누군지 알아야 그에 맞는 대책을 세울 수 있지. 아무것도 모른 채 세운 대책은 사상누각일 뿐이지.'

이안은 마음을 강하게 다지며 열두 영웅이 남긴 아티팩트들을 일제히 착용했다. 손가락에 낄 수 있는 것들은 모두 끼고 팔찌와 목걸이, 그리고 갑옷을 제외한 모든 아티팩트를 착용하자 상당히 우스꽝스러운 모습으로 변모했다.

"우웅! 주인 이상하다. 반짝반짝한다."

황금과 미스릴로 만들어진 장신구를 모두 착용하고 심지어 부츠마저 황금으로 만들어진 것을 신었으니 황금돌이라 불러도 무방할 모습일 것이다.

"에일리도 같이 갈래?"

"헤에! 에일리도 간다. 주인 따라갈 거다."

에일리는 자신도 데리고 간다는 이안의 말에 무척이나 기뻐했다. 가디언으로서의 임무는 던전의 마스터를 지키는 것이었으니 본능적으로 이안의 곁을 떠나지 않으려 했다.

"그래, 같이 가자."

"헤에! 좋다아~"

에일리의 동의를 구한 이안은 아레나에게 주의 사항을 전달했다.

"혹시 모르니까 마법 봉인진을 열고 내가 들어가면 도로 닫도록 해. 그리고 하루가 지난 다음 다시 열어줘. 만약 다시 문이 열리고 5분 안에 내가 나오지 않으면 다시 봉인해야 하고. 알았지?"

혹시 자신이 마계에서 죽음을 당하고 마족이 빠져나올지도 모르는 일이기에 시간마저 정했다. 그 정해진 시간 안에 빠져나오지 못하면 영원히 그 안에서 갇혀 있게 될 수도 있었다.

—마스터의 명령을 인식했습니다. 바로 시행하시겠습니까?

"그래. 바로 봉인 마법진을 해제해."

—봉인 마법진 해제를 시작합니다. 5, 4, 3, 2, 1! 해제!

아레나의 음성이 끝나자 이안은 피부로 느낄 정도로 어마어마한 양의 마나가 움직이는 것을 눈으로 볼 수 있었다.

'헛! 저 정도로 마나가 형상화되려면… 도대체 얼마나 많은 마나가 쌓여 있다는 거지?'

희미한 푸른빛의 마나가 아니라 짙은 청색의 진하디진한 마나가 운석에서 뿜어져 나왔다. 그리고 그것은 마법 봉인진으로 스며들어 가며 찬란한 빛 무리를 만들어냈다.

웅! 웅! 웅! 웅! 웅!

마나가 만들어내는 파장으로 이안이 뒤로 밀려날 정도였다. 그리고 시야가 확보된 이안은 운석이 공중으로 들린 곳에 모습을 드러낸 블랙홀을 볼 수 있었다.

'저것이 디멘션게이트.'

이안은 놀라움과 떨림, 그리고 묘한 흥분으로 몸을 살짝 떨었다. 그러나 이내 시간이 없다는 생각에 입술을 깨물며 안으로 뛰어 들어갔다.

"크윽! 이, 이건 뭐, 뭐 하는 곳이야! 이거 뭐 이래?"

이안은 블랙홀을 통과하여 반대편으로 떨어지자마자 기겁했다. 몸을 움직이기도 힘들 정도로 엄청나게 힘들었기 때문이다. 손을 들어 올리는 것마저 힘겨웠고 간신히 몸을 일으켜 세우는 것에 만족해야 할 지경이었다.

"우웅! 주인, 여기 너무 싫어."

에일리 역시 이안이 느끼는 압력을 고스란히 느끼는 중이었다. 그나마 수인족 특유의 근력 때문인지 이안보다는 훨씬 수월하게 움직이고 있었다.

'별수 없다. 어떤 존재가 이곳으로 올지 알 수 없으니.'

이안은 몸을 가누기조차 어려운 상황에서 빨리 벗어나야 함을 느끼고 마법을 시전했다.

"스트렝스! 헤이스트!"

아티팩트에 저장되어 있는 마법을 사용하자 근력이 증가하고 속도 역시 올라갔다. 그래봤자 기어가는 속도에서 아장아장 걸어가는 정도의 속도로 올라가는 정도이다.

"에일리, 저기로 가자."

이안은 주위를 둘러보며 숨기에 용이한 곳을 찾았다. 어둠이 짙게 깔려 시야가 확보되지 않는 이 이상한 곳에서 그나마 희미하게 보이는 것들은 삭막한 산악지대라는 것을 나타내는 기암괴석뿐이었다. 그것들마저도 희미하게 떠 있는 검은 태양 덕분에 겨우 볼 수 있는 정도였다.

'최대한 기척을 숨기고 어떤 존재가 저 틈을 부수려고 하는지 알아내야 한다.'

이안은 다행히 차원의 결계를 통과할 때 아무도 없었다는 것에 안도의 숨을 몰아쉬었다. 그러는 동안에도 아장아장 걸음을 옮겨 조금 떨어진 곳으로 이동했다.

"디그! 디그! 디그!"

마나가 다하는 순간까지 디그 마법으로 땅을 팠다. 그리고 아카데미 시절 배운 생존술을 이용하여 완벽한 비트를 만들어냈다.

"에일리, 들어가자."

"헤에, 보금자리다."

에일리는 이상한 기운으로 가득한 마계에서 이안이 만든 보금자리라는 단순한 생각에 기뻐하며 안으로 들어갔다. 그러자 이안은 위장막으로 비트의 위를 덮은 후 최소한의 시야만 확보한 뒤 관찰에 들어갔다.

'과연 어떤 존재일까? 마족이 아니라면 다행이겠는데 말이야.'

이안은 마나의 기척마저 지우고 몸에서 나는 냄새를 지우기 위해 차가운 마계의 흙으로 몸을 문질렀다. 에일리는 그런 이안을 멀뚱하게 쳐다봤지만 주인이 하는 행동이기에 그저 어린아이처럼 따라 했다.

쿵쾅! 쿵쾅! 쿵쾅!

숨어 있는 비트가 흔들릴 정도로 엄청난 굉음이 들려왔다. 제법 멀리 떨어져 있는 곳에서 다가오는 것이 분명함에도 진동으로 인해 흙이 우수수 흘러내렸다.

'도대체 뭐가 접근하는 거지?'

이안은 위장막 사이로 얼굴을 살짝 내밀었다. 소리가 난 방향으로 시선을 돌렸을 때 이안의 눈에 들어온 것은 희미한 어둠 속을 뚫고 달려오는 거대한 마수였다.

'저, 저건 도대체 뭐지?'

그 어떤 몬스터도 상대가 되지 않을 정도로 거대한 몸체를 지닌 마수였다. 유일하게 비견할 수 있는 중간계의 몬스터는 사막웜이라고 불리는 거대 몬스터였다. 체고가 10미터가 넘고 앞뒤 길이는 30여 미터에 달하는 마수를 본 이안의 눈이 놀람으로 치떠졌다.

'저, 저런 놈을 어떻게 상대하지?'

얼굴에 길게 솟아 있는 두 개의 뿔은 기간트의 주무기인 거검보다 길었고 두께 역시 비교가 불가능할 정도로 두꺼웠다. 그런 괴물이 쿵쾅거리며 달려와서 봉인 마법진이 누르고 있는 차원의 틈새를 두드려 댔다.

'역시 저놈이었어. 그나마 다행이라고 해야 하나?'

이안은 마족이 아닌 마수가 본능적으로 차원의 틈새를 열려고 하는 것에 안도했다. 만약 지능을 가지고 있는 마족이 알았다면 벌써 차원의 틈새를 열고 중간계로 나갔을 거라는 생각이 들었다.

"쿠워어어어!"

쾅! 쾅! 콰쾅!

계속해서 뿔로 들이받는 마수의 행동은 한동안 계속해서 이어졌다. 차원의 틈새는 계속된 공격에도 끄덕하지 않았지만 강렬한 타격이 일어날 때마다 희미한 빛이 생성되었다.

'저놈을 죽여야만 한다. 그렇지 않으면 무슨 일이 벌어질지 알 수 없겠어.'

주위를 살펴보아도 다른 존재는 보이지 않았다. 이곳이 저 거대한 마수의 영역일 확률이 높았다.

"우웅! 무, 무서워."

에일리는 본능적으로 야수의 강대한 힘을 느끼는지 몸을 움츠리며 이안의 품을 파고들었다.

'이, 이런!'

이안은 급히 옹알이하듯이 무서움을 토로하는 에일리의 입을 막았다. 혹시라도 소리를 듣고 마수가 덮쳐올지도 모를 일이지 않는가.

'다행히 듣지 못한 모양이구나.'

이안은 심장이 두근거리는 것을 진정시키며 마수의 광폭한 행동이 멈추기만을 기다렸다.

"꺄우우우우우우!"

거대한 장소성을 터뜨리며 분노를 토하는 마수는 깨어지지 않는 차원의 틈새에 광란의 몸짓을 한차례 선보인 후 다른 곳으로 사라져 갔다.

"후우, 갔다."

이안은 마수가 사라지고 난 후에야 길게 호흡을 하며 요동 치는 가슴을 진정시켰다.

"주인, 이제 말해도 돼?"

에일리는 이안이 입을 막은 이후 조용히 떨기만 하다가 물어왔다. 그녀의 초롱초롱한 눈망울을 보며 이안은 희미한 미소와 함께 대답했다.

"그래, 이제 이야기해도 괜찮아."

"헤에! 주인 품이 좋아."

에일리는 이안의 품으로 파고들어 왔다. 단단한 갑옷을 걸치고 있어서 좋을 리 없으련만 그저 주인의 품이라는 이유로 파고드는 에일리였다.

'끄응, 왜 안 열리는 거지?'

마계의 태양은 검은 어둠의 빛을 뿜어냈다. 밤에는 세 개의 요상한 달이 떠오르는 것으로 시간이 흐르는 것을 알 수 있었다. 덕분에 하루가 흘렀다는 것을 확인할 수 있었지만 하루가 지나도록 차원의 틈새는 열릴 생각을 하지 않았다.

'어떻게 된 거지? 설마 아레나가 문을 열지 못하는 상황이라도 벌어진 건가?'

답답한 마음이 일었지만 초조함을 딛고 버텨야 했다. 다행히 무한의 가방 안에는 먹을 음식이 들어 있었기에 당분간은 버틸 수 있었다.

'일단 오늘은 마수가 오지 않는 것 같으니 이 안을 넓혀야겠다.'

이안은 언제라도 문이 열리면 바로 뛰어나갈 생각을 하며 몸을 일으켰다. 그리고 위장막을 거두고 바깥으로 나갔다.

'위쪽은 놔두고 아래에서 파고들어 가야겠다.'

이안은 디그 마법을 펼쳐서 땅굴을 깊숙하게 파기 시작했다. 에일리와 둘이서 머물려면 어느 정도의 확장 공사는 해야겠기에 신속하게 마법을 사용했다.

"디그! 디그! 디그!"

계속해서 디그 마법을 펼치자 이안이 원하는 대로 땅이 파였다. 위쪽은 간신히 한 사람이 들어갈 정도로 좁았지만 안쪽은 커다란 방이 되었다.

"와아! 집이다! 에일리, 들어가도 돼?"

에일리는 작은 입구를 통해서 보이는 넓은 공간에 손뼉을 치며 즐거워했다. 지난 하루 간신히 부둥켜안고 있어야 했으니 발을 쭉 펼 수 있는 공간이 그리웠을 것이다.

"후후! 들어가 보렴."

이안은 위장하기 위한 공사를 조금 더 진행한 후에 위장막을 두른 후 안으로 들어갔다.

'겉에서는 안 보이겠지만 그럴싸한 방이 됐군.'

이안은 위장막과 구조 덕분에 불빛이 새어 나가지 않는 것을 확인하고는 라이트 마법으로 안을 밝혔다.

"라이트!"

가벼운 구동어에 반응하여 작은 빛의 구가 흙집 가운데 나타났다.

"우웅! 밝다. 에일리는 밝은 게 좋아."

에일리의 즐거워하는 모습에 피식 웃음을 터뜨린 이안은 이제부터 해야 할 것들을 정리했다.

'언제고 차원의 틈새는 열릴 것이다. 그동안 내가 할 수 있는 것을 해야 한다. 강해지기 위해서라도 수련을 하는 편이 낫겠지.'

이 이상한 세계는 어둠만이 존재하고 그 어둠 못지않게 지랄 같은 환경이다. 운신을 할 수 없을 정도로 기압도 그러했고 풀 한 포기 나지 않는 땅도 문제였다.

'조금씩 공간을 넓혀서 검을 휘두를 수 있는 공간을 만들어야겠어. 일단은 할아버지께서 남긴 브레이브소드의 후반부를 익혀야겠다.'

이안은 꼼지락거리며 가디언 프로그램을 통해서 배운 것을 바닥에 쓰는 에일리를 보았다. 한동안 기억의 전이로 익힌 것을 자신의 것으로 흡수해야 할 테니 그대로 두는 것이 나을 것 같았다.

"흐읍! 하아아! 으득!"

이안은 이틀간의 공사를 통해서 땅속의 굴을 넓혔다. 가로세로 10미터 정도의 네모난 공간을 만들어 검을 들고 휘두를 수 있었다.

"흐으으, 고작 백 번도 휘두르지 못하다니……."

앓는 소리를 내며 미간을 좁힌 이안은 부들부들 떨리는 다리와 격통을 호소하는 팔을 보며 혀를 찼다.

'이 정도도 해내지 못하면서 내가 무슨 기사란 말인가! 이래서는 그 빌어먹을 새끼들을 이겨내지 못해. 반드시 해낸다!'

이안은 이를 앙다물고 다시 검을 지팡이 삼아 일어섰다. 들어 올리는 손이 천근만근인 양 무거웠지만 의지 하나로 머리 위로 들어 올릴 수 있었다.

"흐압!"

부웅! 쎄에엑!

"두울!"

다시금 시작된 카운트에 맞춰서 검을 휘둘렀다. 4kg 정도의 롱소드가 수백 kg이라 느껴졌고, 휘둘러지는 팔에서 느껴지는 압력은 무거운 중수 안에서 검을 휘두르는 것 같았다.

'그래도 해낸다. 이 정도도 못 이겨낸다면⋯ 사내새끼도 아니다!'

이안은 극도의 의지력을 발휘하여 기초적인 수련부터 다시 시작해 나갔다. 그렇게 천 번씩의 기초 수련을 끝냈을 때 그의 전신은 한계를 이겨내고 약간의 변화를 보여주었다.

"아웅! 주인 너무 힘들어한다. 쉬어야 해."

에일리도 이안이 수련할 때 이 세계에 적응하기 위한 수련을 같이 했다. 그래도 근력이 몇 배는 더 우수한 에일리는 조금은 편하게 적응하고 있었다.

"하악! 하악! 고맙다. 이, 이제⋯ 마나브레스를⋯ 해야 해."

너무도 힘에 겨워 말조차 하기 어려웠다. 그래도 묵묵히 이겨내고 이안은 마나브레스를 할 수 있는 자세를 힘겹게 취했다.

"하아, 하아아아!"

길게 숨을 들이마시고 다시 느릿하게 내뱉으며 마나사이펀을 시작했다. 너무도 힘이 들던 그 순간 신체가 그 한계를 이겨내고 조금 더 강한 힘을 발휘했을 때의 그 희열을 부여잡고 마나사이펀을 시작하자 이전과는 확연하게 다른 마나의 유입이 이루어졌다.

'아아, 이 마나는⋯ 너무나 차갑고 사납다.'

몰아지경에 빠져들기 직전, 마지막으로 마계의 마나의 성질을 느꼈다. 그러나 그 이질적인 마나 역시 무서운 기세로 그의 마나 로드를 타고 전신을 휘돌았다.

지이이잉!

이안은 열흘이 지난 시점에서 차원의 틈새가 열리는 것을 보았다. 그토록 기다리던 그 아름다운 불빛에 에일리의 손을 이끌고 재빨리 달려나갔다.

"늦으면 안 된다. 서둘러!"

"아웅! 나도 안다. 에일리 달린다."

두 사람은 이전보다는 훨씬 좋아졌지만 여전히 느릿느릿 달려 나갔다. 최선을 다해서 달리는 것이지만 너무도 무거운 마계의 기압의 차이를 뛰어넘지 못한 탓이다.

"돼, 됐다!"

"들어간다아!"

두 사람이 차원의 틈새를 통과하여 아레나가 있는 곳으로 들어왔을 때 아레나의 에고가 하는 말을 들을 수 있었다.

─봉인 마법진 가동! 5, 4, 3, 2, 1! 디멘션게이트가 닫힙니다.

지이이잉! 휘스스슷!

이안은 고개를 돌려 차원의 틈새가 다시 봉인되는 광경을 지켜보았다. 그러자 자신도 모르게 한숨을 내쉬며 지난 열흘 동안의 힘들었던 기억이 떠올랐다.

'정말 힘들었다. 다시는 기억하고 싶지 않을 정도로.'

이안은 고개를 절레절레 내저으며 그 기억을 털어버리고 싶었다. 그리고 완연하게 달라진 환경에 온몸의 활력이 활활 타오르는 기분을 느꼈다.

"아레나, 저 안에서 열흘 동안 있었는데 왜 차원의 틈새를 열지 않은 거지?"

─마스터, 중간계의 하루는 마계의 열흘입니다. 차원이 다른 탓에 시간의 흐름 또한 다릅니다.

"뭐? 그, 그렇다면 진즉에 그 사실을 알려줬어야지!"

이안은 아레나에게 불퉁거리며 타박을 주었다. 그러나 들려온 아레나의 변명은 입을 다물게 만들었다.

─물어보지 않은 질문에 답할 수는 없었습니다. 앞으로 알고 싶은 것이 있으시다면 질문을 해주십시오, 마스터.

"끄응! 할 말이 없군. 크큭!"

이안은 참으로 어처구니없는 사실을 뒤늦게 깨달았다. 아레나는 에고였고, 그런 에고에게 인간적인 면을 기대했다니 자신이 바보 같다는 생각이 들었다.

'가만, 여기의 하루가 저쪽에서는 열흘이라는 소리잖아?'

이안은 처음에는 지랄 같은 경우라 생각했지만 뒤늦게 그

차이가 주는 이점이 무궁무진하다는 것에 생각이 미쳤다.

'그리고 그 가혹하리만치 이 갈리는 환경이라면… 나를 더욱 빠르게 성장시킬 수 있다는 건데. 다시 간다. 나를 성장시킬 수 있는 거라면 죽더라도 가야 한다.'

중간계에서 검을 천 번 휘두르는 것보다 마계에서 백 번 휘두르는 것이 훨씬 더 많은 수련 효과를 보인다. 그런 것을 따져본다면 그랜드크로스가 벌어지기 전까지 마계에서 수련한다면 원하는 목표까지 도달하는 것이 훨씬 짧아질 것이다.

'언젠가 저놈을 꼭 내손으로 잡고 말겠다.'

이안은 마계로 와서 수련과 감시를 겸해서 행하는 중이었다. 보름밖에 안 되는 시간이었지만 마계는 150일이라는 시간이 흘렀고, 점차 마계에 신체를 적응시키는 것에 성공했다.

쉬릿! 파광!

정체를 알 수 없는 거대한 마수가 차원의 틈새를 두드리는 것을 보고 난 후 미친 듯이 검을 휘둘렀다. 할아버지가 남긴 검법서의 후반부 6식을 수련하는데 이전과는 다르게 강렬한 투기와 강한 힘이 느껴지는 검세가 그에 의해서 펼쳐졌다.

"우웅! 우리 주인 잘한다. 주인 멋지다. 아웅!"

에일리는 이안의 기세가 처음 이 마계로 왔을 때와는 다르게 강렬해지는 것에 더욱 초롱초롱한 눈망울로 지켜보았다.

수인족은 강한 전사에게 끌리는 종족적 특성을 가지고 있었고, 에일리 역시 본능적으로 그런 성향을 내보였다.

'아직은 모자라다. 기본적으로 힘이 너무 달리는 것이 문제다.'

중간계에서는 힘이 모자라다는 느낌을 받은 적이 없었다. 무식하게 근육을 키운 기사는 아닐지라도 탄탄하고 잘게 쪼개진 근육에서 나오는 순간적인 힘은 그런 핸디캡을 만회하고도 남았다.

그러나 이곳에서는 그 정도로는 어림도 없을 정도로 무거운 곳이었다. 당장 들고 있는 검만 해도 4킬로그램에 불과한 롱소드였지만 이곳에서는 그 열 배는 더 되게 느껴졌다. 지금은 적응했다지만 처음에는 들지도 못할 정도로 무거웠다.

쿵! 쿠쿵! 쿠웅!

한참을 쉬던 마수가 다시 차원의 틈새를 두들겼다. 지난 시간 동안 지켜본 바로는 이곳이 저 마수의 영역이었고, 지금 이안이 숨어 있는 바위산의 뒤쪽으로는 또 다른 마수들이 존재했다.

'다음번에는 작은 마수들과 싸우면서 실전 감각을 키워야겠다. 지금으로써는 더 이상의 발전은 없을 거야.'

검식은 완전하지는 않지만 모두 기억하고 펼칠 수 있을 정도는 되었다. 다만 검세의 변화와 마나 운용에 미진한 점이 있을 뿐이다. 그것은 실전을 겪으면서 다듬어 나가야 할 문제였다.

"그나저나 곧 차원의 틈새가 열릴 시간인데… 저 무식한 놈은 갈 생각을 안 하네."

중간계의 사흘, 이곳에서는 한 달이라는 시간 동안 머무는 것이 이안이 계획한 수련 시간이었다. 그 시간이 지나면 차원의 틈새는 열리게 될 것이고, 저렇게 마수가 지키고 있다면 자칫 틈새가 붕괴될 가능성도 존재했다.

'별수 없나. 저놈을 유인해서 다른 곳으로 빼돌리는 수밖에.'

이안은 마수가 갈 생각을 하지 않자 별수 없이 마수를 공격한 후 다른 곳으로 유인할 생각이다. 한 시간도 남지 않은 상황이니 위기라면 위기이기에 결심한 선택이었다.

"에일리!"

"우웅? 주인, 나 불렀다."

"여기 가만히 있어야 한다. 알았니?"

"주인, 어디 가냐?"

"후후! 저 녀석을 다른 곳으로 이동시켜야 해서 그런다."

"아웅! 저거 무지 세다. 에일리는 싸울 수 없다."

에일리는 자신의 실력으로는 상대도 할 수 없는 마수를 이안이 유인한다고 하자 걱정되어 안절부절못했다.

"괜찮아. 싸우려고 하는 게 아니니까. 그냥 다른 곳으로 유인만 하고 올 거야. 알았지?"

"우웅! 주인, 조심해라. 주인 없으면 에일리 슬프다."

"후후! 알았다. 그럼 다녀오마."

이안은 위장막을 걷고 조심스럽게 밖으로 나갔다. 여전히 차원의 틈새를 부수려고 하는 마수는 뒤로 후진했다가 전력으로 내달려 뿔로 차원의 틈새에 박아댔다.

"크릉?"

마수는 뭔가 이질적인 기운이 접근하는 것을 본능적으로 알아챘다. 틈새를 향해 달리던 것을 멈추고 거대한 동체를 움직여 본능이 알려주는 곳으로 신형을 틀었다.

'큭! 알아챘나 보군.'

마수가 자신이 접근하는 방향을 쳐다보는 것에 이안은 아티팩트 중 작은 단검을 손에 쥐며 마법을 시전했다.

"하이딩!"

우웅! 스스슷!

이안의 모습이 어둠 속으로 스며들며 모습을 감추었다. 그럼에도 불구하고 마수의 눈은 이안이 있는 곳을 향하고 있었다.

'이것도 안 통하는 건가?'

아무리 기척을 숨긴다고 해도 마수의 감각은 인간이 상상

할 수 없을 정도로 뛰어났다. 몇 천 배가 넘는 후각과 마계의 기운과는 사뭇 다른 마나에 대한 감응 능력을 가진 것이다.

"헤이스트! 스트렝스!"

이안은 이대로는 마수에게서 도망갈 수 없다는 것을 잘 알고 있기에 힘과 민첩을 올리는 마법을 펼쳤다. 그러자 마계에 겨우 적응한 신체에 힘이 부쩍 올라갔다.

"일단 이거나 먹어라. 파이어 볼!"

이안은 자신의 본 실력으로 펼칠 수 있는 최고의 마법으로 마수를 공격했다. 붉은 화염이 만들어지며 그대로 마수를 향해 날아들었다.

콰앙! 화르륵!

마수의 거대한 두상에 파이어 볼이 격중했다. 하지만 그저 작은 불씨가 튄 정도의 충격밖에 주지 못했는지 마수가 분노의 포효를 터뜨렸다.

"크아아아아앙!"

귀가 먹먹해질 정도로 강력한 포효 소리에 이안은 놈이 자신을 죽이기 위해서 돌진해 올 거라는 걸 직감했다.

"일단 해보자고."

타타타타타탓!

이안은 죽을힘을 다해서 거친 바위산을 향해 달렸다.

쿵쾅! 쿵쾅! 쿵쾅!

마수의 발걸음은 한 걸음을 옮길 때 5, 6미터는 족히 건너 뛰듯이 움직였다. 그러나 어느 정도 속도가 붙자 그 속도는 인간인 이안이 뗄쳐낼 수 없을 정도로 빨라졌다.

"크아!"

마수는 그대로 이안을 짓뭉개 버릴 생각인지 그대로 달려 들었다.

"어림도 없다, 이 무식한 마수새끼야!"

이안은 도저히 상대할 수 없는 힘을 지닌 마수의 돌진에 욕설을 터뜨리며 옆으로 몸을 날렸다.

쿠우웅!

이안이 있던 자리로 떨어져 내린 마수의 거대한 발이 남긴 족적은 깊고 깊은 크레이터를 남겼다.

"라이트닝 볼트!"

이안은 마수를 죽일 수는 없지만 최대한 괴롭힐 방법으로 급소를 공격하는 것을 선택했다. 작은 뇌전의 화살이 그대로 공중을 가르며 날아가 마수의 눈으로 쏘아져 들어갔다.

"크앙!"

마수는 단단해질 수 없는 유일한 부위인 눈에 충격을 받자 괴성을 지르며 고개를 좌우로 흔들었다. 아무리 약한 타격이 라도 눈에는 치명적인 위험인 것이다.

"아프냐? 나도 힘들다. 그런 의미에서 또 받아라! 라이트닝 볼트!"

이안은 미친 듯이 달려가며 뇌전의 화살을 계속해서 쏘아 댔다. 그 화살이 노리는 부위가 눈동자였기에 마수는 두꺼운 가죽으로 이루어진 눈꺼풀을 닫으며 달려들었다.

"크허어어엉!"

반드시 죽이겠다는 살기가 담긴 울부짖음을 토해내며 마수는 미친 듯이 이안의 뒤를 쫓아 돌진해 들어왔다.

지그재그로 뛰며 마수의 돌진을 피하는 이안은 몇 번이나 목숨의 위협을 느꼈지만 가까스로 피해내며 바위산의 중턱까지 달려 올라갈 수 있었다.

6장

'해보자 이겨자'

평지에서는 클수록 싸움에 유리한 것이 사실이다. 그러나 비탈진 바위산에서는 크다고 유리한 것은 결코 아니다. 얼마나 민첩하고 균형을 잡을 수 있는가에 따라 달라진다.

'이 정도면 어느 정도 떨어뜨린 것 같은데…….'

이안은 바위산의 능선을 타고 이동하다 쫓아오고 있는 마수를 힐끗 쳐다보았다. 바위와 바위를 타고 넘으며 때로는 지형지물을 이용하여 따돌리다 보니 어느새 마수와의 거리는 200여 미터 이상으로 벌어졌다.

쎄에에에엑!

마수를 돌아본 후 다시 달리려고 하는데 뭔가 기이한 소성이 귀를 강타했다.

'위험하다!'

본능적으로 머리를 울리는 경고에 이안은 마나를 최대한으로 뿜어내며 지그재그로 몸을 날렸다.

파각! 퍼퍼퍼퍼퍽!

이안이 있던 자리로 떨어져 내리는 거대한 쿼렐은 분명 발리스타에서 쏘아진 대 몬스터용 쿼렐이 분명했다.

'누, 누가⋯⋯?'

이안은 아무도 없는 바위산으로 생각하고 있던 곳에서 의외의 공격을 당하자 깜짝 놀랐다. 일단 몸을 숨길 생각으로 쿼렐이 날아들던 곳에서 몸을 가릴 수 있는 바위 뒤로 숨어들었다.

"숨어봤자 소용없다! 쏴라! 바위를 부숴라!"

걸걸한 음성이 바위산에 울려 퍼지고, 이안이 숨어 있는 바위로 다시 발리스타에서 쏘아진 쿼렐이 날아들었다.

"아이언핸드 님, 제파스가 다가옵니다. 저런 쥐새끼 같은 마족 놈에게 신경 쓸 때가 아니란 말입니다!"

"으득! 일단 제파스를 공격한다. 사수 재장전!"

아이언핸드라고 불린 누군가가 달려오고 있는 마수를 제파스라고 칭했다. 그 말에 이안은 저 마수의 이름이 제파스라는 것을 알 수 있었다.

"조준~ 발사!"

투투투투투투투퉁!

바위산의 정상 부근에서 일제히 쏘아진 대형 퀴렐이 이안을 향해 달려오는 제파스를 노리고 쏘아져 내렸다.

'헛! 대단하네.'

이안은 저 정체를 알 수 없는 의문의 종족이 쏘아내는 대형 발리스타의 집중 포화에 혀를 내둘렀다. 한두 번 해본 솜씨가 아닌지 화망을 구성하여 고르게 제파스의 몸을 강타했다.

쿠와아아앙!

제파스의 두꺼운 가죽을 가까스로 뚫고 박혀드는 것을 본 이안은 평범한 퀴렐은 아닐 거라 생각했다. 마나소드로도 생채기를 낼 수 없는 두꺼운 갑주와 같은 겉가죽이었다. 그런 것을 뚫고 박히려면 뭔가 특수한 금속으로 촉을 만들어야 가능할 것이다.

'도대체 누구지?'

마계에 있으니 마족일 수도 있지만 이상하게 그런 느낌은 들지 않았다. 마족이라면 강력한 마법으로 자신을 한 번에 죽였을 거라는 생각이 든 것이다.

'아차! 내가 이럴 때가 아니지!'

이안은 제파스가 방향을 틀어 산 정상의 정체 모를 자들에게로 달려가는 틈을 타서 재빨리 몸을 움직였다.

'일단 저걸 가져가야겠군.'

이안은 바닥에 박혀 있는 1.5미터 정도의 길고 굵은 쿼렐을 뽑아 들었다. 그리고 뒤도 돌아보지 않고 산 아래를 향해 내달렸다.

"저, 저런 도둑놈의 새끼! 내 잡히면 요절을 내줄 테다!"

"후후! 그러시던지."

이안은 뒤에서 들려오는 괄괄한 음성에 피식 웃으며 차원의 틈새가 열리는 곳으로 달렸다.

"이게 도대체 뭐지?"

이안은 쿼렐의 촉을 뽑아 들고 살폈다. 광물에 관해서는 잘 모르는지라 촉을 구성하고 있는 광물의 정체를 알 수가 없었다.

"으음, 마나에 대한 반응을 보면 뭔가 나오려나?"

이안은 쿼렐의 촉에 마나를 주입했다. 푸른 마나가 손아귀로 모여들었다가 그대로 촉으로 스며들었다.

"헛! 이거 뭐야!"

이안은 자신의 마나를 빨아들여 30Cm 정도의 마나소드를 형성하는 촉의 정체에 깜짝 놀랐다. 이 정도로 마나의 전도율이 좋은 금속은 처음으로 접한 탓이다.

'설마⋯ 이게 아다만티움인가? 운석이나 마계에서만 발견되는 금속이라는⋯⋯.'

한 번도 본 적이 없는 아다만티움이었다. 천 명의 마법사가 있다면 그중 한 손에 꼽을 정도의 마법사만이 미량의 아다만티움을 접해보았을 것이다.

"대박인가?"

아다만티움으로 만들어진 쿼렐의 촉이라면 그 단단함으로 따져볼 때 대형 발리스타의 탄성과 합하여 제파스에게 타격을 주는 것이 가능하리라 여겨졌다.

'잠깐, 아다만티움을 제련할 수 있는 종족이라면⋯⋯.'

이안은 고민을 잠시 접고 아레나에게 자신이 가진 의문에 대한 것을 물었다.

"아레나, 혹시 마계에도 드워프가 존재한다는 보고가 있나?"

─확신할 수는 없습니다. 하지만 차원의 틈새 근처에 드워프가 존재한다면 그들은 봉인 마법진을 만들기 위해 희생하신 전대 마스터 분들을 도운 강철의 모루 일족의 드워프일 확률이 높습니다.

"강철의 모루 일족? 그들이 왜 마계에 가 있는 거지?"

─이 던전을 만든 것도 강철의 모루 일족입니다. 그리고 그 자원을 채취하기 위해서 위험한 마계로의 원정을 마다하지

않았습니다. 그러다 거대한 마수의 등장으로 인해 돌아오지 못하고 차원의 틈새를 봉인해야 했습니다.

"아, 그런 일이 있었구나."

그들의 드워프라면 제파스와 싸우려고 하는 이유는 단 하나였다. 그들이 지상으로 돌아가지 못하고 그곳에 남아야 했던 이유가 제파스의 등장 때문일 것이다. 그리고 인간인 자신을 공격한 이유도 배신당했다는 분노로 그랬을 가능성도 점쳐졌다.

"예전 그들을 이끌었던 수장이 누구지?"

─강철의 모루 일족의 족장은 아이언해머로 보고되어 있습니다.

"아이언해머라…… 아이언핸드라는 자가 나를 공격했는데 그에 대한 보고는 없나?"

─남아 있는 정보에는 없는 드워프입니다.

"그래, 그곳에서 태어난 드워프라고 봐야겠군."

마계에서 태어나서 살아남은 자들이라면 그 성정이 얼마나 대단할지 안 봐도 짐작할 수 있었다. 요즘 들어 이안도 자신의 성격이 약간이지만 변화하고 있음을 느끼고 있었다. 이전과는 다르게 전투에 대한 욕구 같은 것이 강하게 일어나곤 했다.

"일단 그 문제는 나중에 해결하도록 하고, 보고부터 해야

젰군."

지난 한 달, 중간계에서는 사흘이라는 시간이 흐른 시점이다. 당연히 보고가 늦어진 탓에 군단사령부에서도 기다리고 있을 것이다.

"에일리, 가자!"

"아웅! 주인 따라간다."

에일리는 이안을 따라 던전을 빠져나갔다. 일단 어느 정도의 몬스터들을 도륙하고 난 후 그것을 배경으로 보고를 해야 했다. 그렇지 않으면 군단사령부에서 의심할 확률이 컸다.

'오늘은 어디로 가지?

마계에서 수련을 쌓은 이후 이안은 상급의 익스퍼트에 올랐다. 렉시온이 남긴 비급을 익힘으로써 그동안 보지 못한 검술에 대한 안계가 트인 덕분이다. 그리고 무겁고 강렬한 마계의 마나를 쌓은 덕분에 그 힘 역시 그를 강하게 만드는 것에 일조했다.

"주인, 저기에 트롤 있다."

에일리는 이안이 느끼지 못하는 범위 바깥에 있는 트롤의 존재를 알아차렸다. 수인족의 감각은 인간의 수십 배에 달하니 틀림없을 것이다.

"가자!"

"먼저 간다! 캬웅!"

에일리는 달려가면서 야수 형태로 바뀌었다. 그녀가 남기고 간 로브를 주워서 챙긴 이안은 씁쓸하게 웃으며 그 뒤를 따랐다.

"캬아!"

에일리의 신형이 공중을 날아올라 트롤의 얼굴을 향해 쇄도해 들어갔다. 놀란 트롤은 들고 있는 커다란 둔기로 에일리를 후려쳤다.

피리릿!

공중에서 신형을 뒤집으며 그 공격을 피해낸 에일리의 날카로운 발톱이 트롤의 어깨를 할퀴고 지나갔다. 녹색의 몬스터 체액이 상흔을 뚫고 흘러나오고 트롤은 발광하듯이 거칠게 둔기를 휘둘렀다.

"이거나 먹으라고. 파이어 볼!"

후앙! 쎄에에엑!

이안이 날린 파이어 볼이 에일리를 잡기 위해 미친 듯이 둔기질을 하고 있는 트롤의 등판에 작렬했다.

"크어어어!"

트롤은 또 다른 적이 등장하여 자신을 공격하자 고통스런 비명을 지르면서도 매서운 공세를 에일리에게 퍼부었다. 그 공격에 에일리는 폴짝폴짝 뛰어오르며 피했다. 그리고 지그재그로 뛰며 트롤의 공격을 무위로 돌리면서 이안이 공격하기 좋게 시선을 끌어주었다.

'단번에 벤다!'

이안은 에일리의 수고를 덜어주기 위해 트롤의 목을 일검에 벨 생각이었다. 마계에서 쌓은 수련의 덕분인지 전신의 근육에서 일어나는 힘은 트롤이라고 해도 이겨낼 수 있을 것만 같았다.

"간다! 브레이브소드 7식 트리플 슬래쉬!"

타탁! 쉬쉬쉿!

이안의 신형이 공중으로 도약하고, 그의 신형은 어느새 검이 만들어내는 세 개의 커다란 검과 일체화를 이루었다.

"크워어어어!"

트롤은 뒷목에서 느껴지는 섬뜩한 느낌에 신형을 회전시키며 둔기를 강하게 내려쳤다. 분명 달려들고 있는 인간의 몸체는 그 둔기에 의해서 가루가 될 것을 의심하지 않았다.

"우어!"

트롤은 믿어지지 않는 상황에 눈을 치켜떴다. 분명 달려들던 인간의 신형이 사라지고 자신의 몸에서 느껴지는 이상한 느낌이 전신으로 빠르게 확대되고 있었다.

스르륵! 쿠웅!

몸이 세 개로 분리되며 트롤의 거대한 몸체가 무너지듯 쓰러져 내렸다.

"후아! 성공했다."

검술을 연마하기만 했지 실전에서 사용하기는 이번이 처음이다. 의심을 피하기 위해 몬스터의 사체를 배경으로 마법 통신을 할 생각을 하다 보니 이곳에 온 이후 처음으로 전투를 치른 탓이다.

"주인, 저기 또 온다!"

"그래? 알았어."

이안은 이곳이 트롤의 서식 구역임을 다시 한 번 느꼈다. 한 마리의 트롤을 잡은 지 겨우 일 분도 지나지 않아서 사방에서 트롤이 달려오고 있었으니 말이다.

"오늘 한번 죽어보자고!"

이안은 트롤 정도는 이제 어렵지 않게 죽일 수 있는 자신감이 생겼다. 강렬한 공격형 검술을 얻은 결과가 이런 변화를 일으키리라고는 미처 생각하지 못했다.

"크워어엉!"

제일 먼저 달려온 트롤이 동족의 사체를 발견하고는 무작정 강렬한 포효를 터뜨리며 이안에게 달려들었다. 진녹색의 흉측한 피부를 지닌 트롤의 돌진은 보통의 인간이 감당하기 어려운 스피드와 기세를 지니고 있었다.

"브레이브소드 9식 라이징소드!"

후웅! 슈슈슈슈슛!

이안은 트롤의 정면으로 마주쳐 들어가며 마나를 조절하며 검식을 펼쳐냈다. 그러자 지면을 가르며 날아가는 검세의 파도가 어느 순간 눌렀던 힘에서 풀려나 공중으로 솟구쳐 올라갔다. 아직은 네 개의 검파만 만들어냈지만 검술을 완성한다면 모두 여덟 개의 라이징소드가 만들어질 터였다.

가가가가각!

두꺼운 트롤의 가죽과 부딪친 검파가 기괴한 소음을 만들어냈다. 솟구쳐 오르며 발에서 시작하여 다리, 복부를 훑고 올라가는 검파에 트롤은 그대로 뒤로 튕겨지듯이 날려가야 했다.

"아웅! 캬우웅! 캬아웅!"

뭔가 말을 하려고 하는 에일리였지만 야수형으로 변신한 상태인지라 목소리 대신 울부짖는 야수의 소리가 들려왔다. 그래도 이안은 그 웅얼거림이 무슨 뜻인지 대강 알 것 같다.

"후후! 네 주인이 한 싸움 한단다. 하하하하!"

"캬아웅!"

에일리는 즐거운 포효를 터뜨리며 다시 달려드는 트롤을 향해 민첩하게 달렸다. 주인과 함께하는 사냥이 너무도 즐거운 탓에 힘든 것도 모르고 날뛰는 에일리였다.

수많은 몬스터의 사체를 뒤로한 채 사흘 만에 보고를 했을 때 군단사령부에서는 난리도 아니었다. 중급의 익스퍼트로 알려진 이안이 트롤 십여 마리를 죽였다는 것은 정상적인 사고를 하기 어렵게 만들었다. 뭔가 대단한 것을 발견했고, 그 힘을 이용해서 트롤을 잡은 것은 아닌가 하는 의심을 드러냈다.

　그때 이안이 보여준 것은 수인족의 모습으로 변신한 에일리였다. 그리고 그녀 부족이 헬카이드의 배꼽에 살고 있으며, 그들의 도움을 받았다는 식으로 둘러댔다.

　덕분에 의심을 면한 이안은 이참에 헬카이드의 배꼽을 탐사하고 지도를 만드는 것이 어떻겠느냐고 건의하여 허락을 받았다. 그랜드크로스가 벌어지기 전까지만 돌아가면 되는 터라 한결 마음이 가벼워졌다.

　'오늘은 그 아이언핸드인가 하는 드워프를 만나야겠다. 그들의 분노를 모르는 바는 아니지만 오해는 풀어야 하니까.'

　이안은 에일리를 남겨둔 채 홀로 비트를 빠져나와 산을 타고 올라갔다. 제파스를 달지 않고 가는 것이라 드워프들이 알아챌 수 있을까 하는 궁금증도 일었다.

　쎄에에엑!

　'이런! 역시나로군.'

　은밀하게 행동하는 자신의 움직임을 어떻게 알아챘는지

산 정상 부근의 위장된 참호에서 대형 발리스타에서 쏘아진 쿼렐이 날아들었다.

스스슷!

검술이 올라가면서 자연적으로 깨닫게 된 것들 중에 하나인 스텝은 브레이브 검술을 모두 익히자 그 검로에 맞게 익숙해진 것이다. 공격이 들어오자 그것에 자연스럽게 대처하며 옆으로 신형이 움직였다.

"저 도둑놈이 또 왔군. 어디 또 피해보거라! 발사!"

"죽어라, 도둑!"

드워프들이 이를 갈며 쏘아낸 것은 이전의 발리스타가 아닌 소형 크로스보우였다. 형태는 분명 크로스보우가 맞는데 연사 속도가 장난이 아니었다.

피피피피피피피피피핑!

드워프의 숫자가 얼마나 되는지 모르지만 이렇게 수백 발의 작은 쿼렐이 순식간에 날아들 수는 없었다.

'미치겠군.'

한순간이라도 방심한다면 그대로 쿼렐에 의해서 벌집이 될 판이다. 지그재그로 뛰며 일정한 패턴을 만들어내지 않으려 노력했다. 패턴이 일정해진다면 적들도 그 패턴을 읽고 예측 사격을 할 것이기 때문이다.

"이봐요! 난 적이 아니요!"

"닥쳐라! 네놈이 우리 물건을 훔쳐 간 그 순간 네놈은 도둑
놈이야!"

"아, 이런! 난 그 마수를 제압할 방법을 찾기 위해 그런 거
였단 말입니다. 그리고 당신들이 강철의 모루 일족이라면 나
에게 이러면 안 되는 거라구요!"

이안의 외침이 끝나는 순간 미친 듯이 날아들었던 쿼렐 세
례가 일순간 멈춰졌다.

"뭐라고 했느냐? 네놈이 우리가 강철의 모루 일족임을 어
떻게 알아?"

아이언핸드의 분기 어린 음성에 이안은 바위에 몸을 숨긴
채 말했다.

"아레나에게서 들었습니다. 차원의 틈새를 봉인 마법진으
로 막았던 열두 명의 영웅과 그들을 도운 강철의 모루 일족에
관한 이야기를요."

"으득! 네놈은 그 배신자들과 무슨 관계냐?"

기세등등한 아이언핸드의 분노 어린 질문에 이안은 사실
대로 이야기하는 것이 낫겠다 싶었다.

"그때의 렉시온 레이너 님을 기억하십니까?"

"부친에게 들어서 알고 있다. 그나마 좋은 인간이었다고
들었다."

"그분이 남긴 후손입니다. 우연히 헬카이드의 배꼽에 들어

왔다가 던전을 발견했습니다. 그분의 유진을 찾은 것도 400년 만이구요."

"으음, 그곳의 시간으로는 400년이 흘렀는가. 그랬군. 헌데 네놈은 어떻게 여기로 온 것이냐?"

아이언핸드는 차원의 틈새를 막아버린 봉인 마법진으로 인해서 이곳에 고립된 강철의 모루 일족을 이끄는 족장이었다. 중간계에서는 400년이 흘렀을지 모르지만 이곳 마계에서는 그 시간의 흐름마저 잊어버렸을 정도로 오랜 세월이 흘렀다.

자신의 나이가 이곳의 시간으로 1,700년이 지났고, 아이언해머는 그의 할아버지로 삼천 년 전에 죽었다.

"프록시나 레이첼 님께서 차원의 틈새를 벌어지게 만든 운석으로 봉인 마법진을 만들었습니다. 덕분에 마법진만 해제하면 언제든지 다시 차원의 틈새를 이용할 수 있습니다."

"그, 그게 정말이냐, 차원의 틈새를 이용할 수 있다는 네놈의 말이?"

"물론입니다. 그래서 여러분을 뵈러 온 겁니다. 그러니까 더 이상의 공격은 사양하겠습니다."

"알았다. 나 아이언핸드의 이름을 걸고 너의 안전을 약속하마."

"후우, 믿겠습니다."

이안은 바위에서 벗어나 드워프들이 있는 곳으로 천천히 올라갔다. 그들의 비위를 건드리지 않기 위해서 최대한 조심했는데 덕분인지 드워프들은 그가 하는 행동을 지켜보았다.

"정말 인간이었군. 강철의 모루 일족의 영역에 온 것을 환영한다."

목소리만 들렸지만 이안은 그들의 숨어 있는 곳의 대략적인 위치는 알 수 있었다.

'저렇게 참호를 만들 수 있다니… 대단하네.'

겉으로 보이기에는 30미터 정도의 절벽이 앞에 세워진 것 같았다. 하지만 자세히 보면 인위적으로 절벽을 깎고 그 위에 동굴을 파서 참호를 만든 것이었다. 그것도 겉은 강철판을 두껍게 깔아서 외부의 적이 부술 수 없도록 설치해 놓았다.

'이게 그 말로만 듣던 철옹성인가. 정말 대단한 일족이로구나, 드워프라는 일족은.'

이안은 드워프들에게 감탄하며 절벽 아래로 걸어갔다. 그리고 위를 향해서 목소리를 높였다.

"어떻게 올라가야 하는 겁니까?"

이안의 물음에 화답이라도 하듯이 구멍이 뚫려 있는 곳에서 사다리가 내려왔다.

"이걸 타고 올라오도록!"

"고맙군요."

이안이 사다리를 타고 가볍게 위로 오르자 그를 맞이한 것은 크로스보우를 들고 있는 드워프들이었다. 중간계의 드워프들이 도끼와 해머를 들고 설치는 것에 비하면 이들은 엘프에 가까운 전투 방식을 구사하는 것 같았다.

'저 드워프가 아이언핸드겠군.'

크로스보우를 든 드워프들의 호위를 받고 있는 아이언핸드는 커다란 해머를 손에 들고 있었다. 일족의 족장이기에 직접적인 전투에는 나서지 않고 지휘만 하기에 무장이 단출했다.

"정식으로 인사드리죠. 저는 이안 레이너입니다. 강철의 모루 일족을 만나게 되어 반갑습니다."

"아이언핸드다. 내 평생에 인간을 보게 되리라곤 상상도 하지 못했는데… 아무튼 반갑구나."

아이언핸드가 무표정한 얼굴로 하는 말에 이안은 가볍게 고개를 숙이는 것으로 인사를 마무리했다.

"그런데 여기는 손님이 왔는데 이런 식으로 맞이하는 겁니까?"

이안의 물음에 아이언핸드의 표정에 처음으로 감정이라는 것이 드러났다. 뭐랄까, 뭔가 같잖은 것을 본 인간의 표정과 매우 유사했다.

"아직 네놈은 손님이 아니다. 우리 물건을 훔친 도둑놈일 뿐이지."

호의로 왔음을 알렸음에도 믿지 않는지 쓰레기 쳐다보듯이 훑어보며 도둑놈 취급을 하는 것에 이안은 은은한 분노가 가슴속에 피어났다. 그것은 아이언핸드 한 명의 문제가 아니라 다른 드워프들의 반응 또한 같았기에 결코 마음을 돌리는 것이 쉬운 일이 아님을 느꼈다.

"아! 그렇군요. 그럼 다음에 차원의 틈새가 열릴 때 그냥 혼자 돌아가면 되겠군요. 실례했습니다."

이안은 외골수적인 면모를 보이는 드워프들에게 아쉬울 것이 하나도 없었다. 이런 대우를 받으며 드워프들을 중간계로 되돌아갈 수 있도록 해줄 마음 역시 사라져 버렸다.

"내 이놈의 도둑놈을 그냥!"

아이언핸드는 이안이 하는 말에 버럭 화를 내며 해머를 치켜들었다. 당장에라도 공격하려는 듯한 그의 행동에 이안은 비릿한 조소를 지어 보이며 말했다.

"이봐, 수백 년 전에 망한 리하르트 왕국으로 인해서 여기 갇힌 드워프들을 구해주려고 온 나야. 그런데 죽여? 해봐. 내가 죽으면 네놈들도 영원히 여기서 살아야 할 테니까. 별 거지발싸개 같은 것들 다 보겠군. 난 간다!"

이안은 거침없는 언사를 토해내고 그대로 신형을 틀었다. 그러자 아이언핸드는 분노를 참지 못하고 그대로 이안의 등판을 향해서 쇄도해 들어왔다. 강맹한 기운이 실린 해머가 붕붕거리며 날아들 때 이안의 발이 기묘한 움직임을 보였다.

콰앙!

이안이 서 있던 곳에 내려쳐진 해머로 인해서 암석이 파괴되어 돌가루가 사방으로 튀어 올랐다.

"훗! 진짜 해보자 이거지? 그것도 나쁘지 않지."

이안은 롱소드를 뽑아 들고 자신을 공격한 아이언핸드를 향해 맞서나갔다. 그의 검이 강력한 마나를 동반한 채 브레이브소드의 검식을 만들어냈다.

"이놈! 죽여주마!"

아이언핸드의 해머는 그 본래의 크기보다 훨씬 커져 이안의 투로를 끊으며 들어왔다. 강맹한 위력이 실린 해머질에 주위의 공기가 퍽퍽 소리를 내며 터져 나갔다.

'으읏! 진짜 무식한 힘이다.'

검과 해머가 충돌했지만 서로의 마나가 실린 상황이기에 병기가 상하지는 않았다. 맑은 충격음과 함께 두 사람이 뒤로 미끄러지듯 밀려났다.

"호오! 제법 한 수 하는 놈인데? 그래봤자 드워프 앞에 도둑놈일 뿐이다!"

아이언핸드는 손바닥에 침을 뱉으며 더욱 강하게 해머를 그러쥐며 이안을 노려보았다.

"훗! 땅딸보 꼬맹이 주제에 힘만 세서 좋겠어. 내 반 토막을 반의반 토막으로 만들어주지. 타앗!"

이안은 드워프들이 듣기에 가장 강한 욕설을 퍼부으며 아이언핸드를 격분하게 만들었다. 싸움에서 이성을 잃는 것은 그 어떤 적보다 무서운 법이다.

"으아아아! 이 개잡놈의 도둑새끼를!"

아이언핸드는 분노의 괴성을 지르며 해머를 미친 듯이 휘둘러 이안을 공격했다.

'큭! 너무 약 올렸나?'

이안은 처음의 공격할 때보다 족히 반배는 더 빨라진 속도로 치고 들어오는 아이언핸드의 공격에 미친 듯이 발을 놀려야 했다. 다행이라면 다른 드워프들은 구경만 할 뿐 아무런 움직임을 보이지 않고 있다는 점이다.

"크앗!"

해머가 연환식을 펼쳐내며 이안의 움직임을 쫓았다. 그럴 때마다 슬쩍슬쩍 피해낸 이안은 점점 더 힘이 들어가는 아이언핸드의 공세에 허점이 생기는 것을 보고는 비릿한 조소를 지었다.

'죽지 않을 정도로 패주마!'

이안은 크게 휘둘러지는 해머의 공세를 유려한 움직임으로 피해내며 역수로 검을 쥐었다. 그리고 남아 있는 왼손으로 아이언핸드의 몸통에 강력한 주먹을 날려주었다.

퍼엉! 퍼퍼펑!

가죽 북이 터져 나가는 소리가 연달아 아이언핸드에게서 울려나왔다. 이안은 피하기만 했고 미친 듯이 해머를 휘두른 것은 아이언핸드였기에 다른 드워프들은 가만히 지켜보고만 있었다. 족장인 그가 당연히 이길 거라는 생각이었는데 순식간에 상황이 반대로 나와 버렸다.

"조, 족장님을 구하라!"

"움직이면 쏘겠다!"

드워프들은 다시 크로스보우를 겨누며 대경하여 소리를 질렀다. 그러나 그들의 경고를 가볍게 무시한 이안은 쓰러져 내리는 아이언핸드의 목을 한 팔로 감고 빙글 신형을 틀었다.

"쏘던지. 그럼 같이 죽을 테니 억울하지는 않겠지."

아무런 감정이 없는 음성이 이안에게서 흘러나왔다. 그리고 얼마든지 쏴도 된다는 식으로 드워프들에게 다가갔다.

"족장님을 풀어주지 못할까?"

"이런 비겁한 놈 같으니……!"

드워프들의 외침에 이안은 썩은 조소를 날리며 일침을 가했다.

"미친 새끼들. 여럿이서 나 하나 공격하려는 네놈들은 떳떳하고, 쓰러진 땅딸보새끼 하나 잡고 있는 나는 비겁한 거냐? 네놈들의 사고방식은 늘 그렇게 쓰레기 같은가 보지?"

"그, 그건……."

"으득! 족장을 놔줘라. 그럼 정중하게 손님으로 대우하겠
다."

드워프 중에 하나가 그럴싸한 제안을 해왔지만 이안은 그
럴 생각이 없었다. 이들이 너무나 오랜 세월 동안 이곳에서
폐쇄적인 생활을 하면서 성격 자체가 그렇게 변화한 것이 문
제였다. 인간에 대한 적개심과 생존에 대한 강한 열망만이 남
아 있는 이들은 도저히 믿을 수 없는 존재로밖에 정의할 수
없었다.

"미친놈들. 너희 같은 놈들의 손님이 되는 것은 내가 먼저
거부한다. 호의로 찾아온 사람을 핍박하는 너희 같은 무리는
이곳 마계에서 영원토록 살아가는 것이 나을 것 같구나."

이안은 아이언핸드의 목에 검을 들이댄 채 천천히 뒷걸음
질로 물러섰다. 절벽을 내려가면 그대로 이곳을 빠져나갈 생
각이었다.

"크윽, 미안하네. 내 자네의 정체를 알 수 없어 일부러 그
런 것이니 그만 하세."

아이언핸드는 충격에서 벗어나 정신을 차렸는지 이안에게
사과해 왔다.

"미안해할 것 없소. 지금까지 살아온 대로 이곳에서 계속

살면 되고 나는 나대로 중간계로 돌아가면 그만이니까. 그
럼!"

이안은 절벽의 끝에 도착하자마자 아이언핸드의 몸을 앞
으로 힘껏 밀어낸 뒤 사다리를 잡고 밑으로 뛰어내렸다.

"이, 이런……."

아이언핸드는 상대를 파악하기 위해서 일부러 했던 행동
으로 일이 틀어진 것에 발을 동동 굴렀다. 자신이 생각해 봐
도 이성을 잃고 죽기 살기로 해머를 휘두르지 않았던가. 상대
는 죽음의 위협을 느꼈을 것이고, 이후로는 그 어떤 말로도
자신들과 함께하려 하지 않을 것이 뻔했다.

"내가 너무 큰 실수를 했구나. 이를 어찌할꼬."

아이언핸드는 강철의 모루 일족의 모든 염원이 바로 마계
를 벗어나 중간계로 가는 것임을 상기했다. 그 길이 바로 눈
앞에 있었는데 약간의 시험을 가장한 장난이 이런 사태로 벌
어지게 됐으니 앞으로의 일이 깜깜했다.

"지금이라도 가서 잡아올까요?"

"맞습니다! 우리 일족의 전사들이 모두 간다면 저런 도둑
놈 하나 못 잡겠습니까?"

드워프들은 족장의 처연한 모습을 보고 분기탱천하여 이
안을 잡자고 외쳐댔다.

"그만 하거라. 우리가 잘못을 저질러 놓고 오히려 도우려

고 온 이를 핍박한다면 우리가 어찌 대지의 종족인 드워프라고 하겠느냐!'

"그건… 에휴!'

드워프들의 입장에서는 차원의 틈새를 이용하게 해주는 대가를 원할 것이라 생각하여 초장에 기를 죽이기 위해 무력을 사용한 것이었다. 여러 가지로 복잡해진 상황에 그들은 머리를 맞대고 이안에 대한 회의에 들어갔다.

"차원의 틈새가 있는 곳은 저 반대쪽 바위산입니다. 그러니 그 인간이 있을 곳도 그곳에서 멀지 않을 겁니다."

"그렇겠지. 그래서 어떻게 하자는 말이냐?'

"별수 있습니까? 직접 찾아가서 사과를 해야죠. 우리 일족의 염원인 중간계로 돌아갈 수 있다면 머리를 조아려서라도 그의 마음을 풀어야 합니다."

"하아, 알았다. 내가 직접 갈 터이니 전사 열 명만 뽑아놓도록 하거라."

"예, 족장!'

그들이 내린 결정을 이안이 받아들일지 알 수 없지만 서둘러야 한다는 것은 그들 스스로도 잘 알고 있었다. 언제 저 인간이 차원의 틈새를 열고 중간계로 돌아가 버릴지 모르기 때문이다.

7장

제파스? 찾아보자고

드워프들로 인해서 기분을 잡친 이안은 비트로 돌아와 미친 듯이 검을 휘두르는 것으로 마음을 달랬다. 마계의 기운 때문인지 점점 괄괄해지는 자신의 성격에 대한 반성도 겸해야 했다.

부웅! 부웅! 쉬릭!

"하아! 기분 더럽군."

"우웅? 주인, 기분 나빠?"

에일리는 이안이 돌아온 이후로 계속해서 검만 휘두르고 있자 눈치를 살살 보고 있었다. 그러다 기분이 더럽다고 하자

마자 이때다 싶었는지 물으며 이안에게 다가왔다.

"하아, 아니야. 그냥 그런 일이 있어."

"헤에! 그럼 주인 괜찮은 거지? 그치?"

"그래, 이젠 괜찮아졌다."

"다행이다."

에일리는 주인의 화가 풀린 것에 기뻐하며 땀을 뻘뻘 흘리고 있는 이안의 품으로 파고들었다.

"잠깐, 클린!"

이안은 마법으로 몸을 깨끗하게 만드는 클린 마법으로 지저분한 것을 제거했다. 그러나 물로 씻은 것만큼 완벽한 것은 아니어서 무한의 가방에 넣어 온 물통을 꺼내 간단하게 몸을 씻었다.

'한결 개운하네.'

보송보송해진 피부를 느끼며 이안은 의자에 앉았다. 이제는 제법 사람 사는 곳처럼 변해 있는 비트에는 던전에서 가지고 온 테이블과 침대까지 구비되어 있었다.

"헤에! 주인한테 좋은 냄새가 나."

에일리는 쿵쿵거리며 이안의 체취를 맡으며 얼굴을 묻었다. 땀 냄새가 뭐 그리 좋겠는가만 에일리는 이안에 관한 거라면 뭐든지 좋은 거라고 생각했다.

"고, 고맙구나. 후후후!"

이안은 에일리의 머리를 쓰다듬어 주며 이후로 해야 할 일에 대해서 생각에 빠져들었다.

'제파스라는 그 마수를 제거해야 한다. 그러기 위해서 내가 얼마나 더 강해져야 하는 건지. 하아!'

기간트의 강철판도 뚫을 수 있을 것만 같은 드워프의 발리스타로도 제파스를 어쩌지 못했다. 아마도 마스터의 증거라는 오러라면 그 가죽을 베고 제파스를 죽일 수 있을지도 모르겠다는 막연한 생각만 들었다.

'대책이 없는 건가? 가만.'

이안은 갑자기 머리를 스치고 지나가는 아이디어에 자신도 모르게 손뼉을 마주쳤다. 흐릿한 기억이기는 해도 그 강한 성이라는 이계의 인간이 가진 기억 중에 하나가 힌트를 주었다.

'모험이기는 해도 그 방법이라면… 제파스를 죽일 수 있을 것이다. 어차피 인생은 모험이고… 그 모험을 즐기는 것 역시 나의 특권일 터.'

이안은 묘한 미소를 머금으며 수련을 끝내는 그날 제파스를 반드시 죽이겠다는 결심을 굳혔다.

"안에 있는가?"

갑자기 비트의 바깥에서 들려온 음성이다.

'드워프?'

이곳에 찾아올 존재는 드워프밖에 없었다. 거대 마수인 제파스의 영역인 이곳은 다른 마수들이 피하는 금지와 같은 곳이다. 그러니 자연 드워프밖에 없다는 결론이 나왔다.

'뭐 하자는 수작이지?'

이안은 반나절도 안 돼서 자신을 찾아온 드워프들의 꿍꿍이가 궁금했다.

"기다리시오."

이안은 비트의 위장막을 걷고 바깥으로 나갔다. 짧고 굵직한 다리를 시작으로 찾아온 드워프들의 모습이 보였다.

"우리 사이에 볼일은 없을 거라 생각했는데 아니오?"

화가 많이 가라앉은 탓에 반말이 아닌 하오체로 나왔다. 그럼에도 드워프의 족장이자 전사들의 호위를 받고 있는 아이언핸드는 화를 내지 않았다.

"내 사과하러 왔네. 아까는 자네의 정체를 알 수 없어서 시험을 하려고 했을 뿐이네. 그리고 차원의 틈새를 열어주는 대가를 우리에게 원할 거라 생각하여 그런 것이었네. 진짜 미안하게 되었네."

아이언핸드가 머리를 숙이며 사과를 하는 것에 이안은 오히려 미안해지는 느낌이다. 저들의 입장에서 생각해 보면 자신도 그렇게 했을 거라는 생각이 든 것이다.

"하아, 저 역시 잘한 것 없으니 그만 하시죠. 일단 안으로 들어오세요. 제파스가 올지도 모르니."

비트로 도로 들어가자 곧 아이언핸드와 전사들이 좁은 통로를 비집고 안으로 따라 들어왔다.

"사과를 받아줘서 고맙네."

"아닙니다. 그런데 의자가 두 개뿐이라……."

"괜찮네. 대지의 일족이 땅에 앉는 것은 당연한 일이니까."

아이언핸드가 땅에 털썩 주저앉자 다른 드워프들도 반원을 그리며 자리를 잡고 앉았다.

"상당히 잘 만든 공간이로구만. 바깥에서는 절대 알아채지 못하게 만들어서 찾느라 애먹었네."

"찾아오셔 놓고 그렇게 말씀하시니 조금 그렇군요."

"허허허! 우리는 드워프일세. 땅에 관해서는 우리를 따라올 존재가 없지. 땅이 알려주지 않았다면 찾을 수 없었을 걸세."

"그렇군요."

드워프의 종족 특성이 그렇다니 그냥 믿기로 했다. 어쨌든 칭찬을 해주는 것이니 나쁘게 받아들일 이유가 없었다.

"그런데 바로 찾아오실 줄은 몰랐습니다. 그리고 사과를 하실 줄도요."

"우리가 잘못한 것인데 먼저 사과하는 것은 당연한 일일

세. 그리고 자네는 선의로 우리를 찾아왔다고 하지 않았나."

"그건 그렇죠."

"자네의 넓은 아량에 감사하네."

"에고, 그 이야기는 이제 그만 하죠."

"허허허, 고맙네."

아이언핸드의 행동은 처음 봤을 때와는 너무도 달랐다. 그때는 괄괄한 성격을 지닌 미친 드워프가 아닌가 싶을 정도였다면 지금은 점잖고 너그러운 노신사를 보는 느낌이다.

"그런데 정말 차원의 틈새를 열 수 있는 건가?"

"물론입니다. 저와 에일리를 보시면 알 수 있지 않습니까?"

"딴은 그렇구먼."

이안과 에일리의 모습을 훑어본 아이언핸드는 차원의 틈새가 열린 것을 인정했다.

"부탁 하나 해도 되겠나?"

"말씀하십시오."

"우리 일족이 중간계로 돌아갈 수 있게 도와주게. 대신 자네의 부탁이라면 뭐든 들어주겠네. 일족이 멸망하지 않는 한도 내에서 말일세."

"후후! 대가를 받을 생각은 없습니다. 제 선조이신 렉시온 님과 함께 차원의 틈새를 봉인하기 위해 이곳으로 오신 분들에게 당연히 해드려야 할 일이니까요."

"아, 이렇게 고마울 데가……."

아이언핸드는 자신의 실책을 다시 한 번 반성해야 했다. 이런 정의로운 마음을 가진 인간을 시험한다고 난리친 것이 부끄럽고 또 부끄러웠다.

"그럼 언제 돌아갈 수 있겠나? 우리 일족도 준비를 해야 해서 말일세."

아이언핸드의 말에 이안은 어떻게 해야 할지 고민했다. 바로 돌려보내는 것도 나쁘지는 않았다. 하지만 제파스를 반드시 죽여야 할 자신의 입장에서는 임무를 완성하고 난 후에 같이 가는 것이 나았다.

"제파스를 먼저 죽여야 합니다."

"제, 제파스를 말인가? 허어, 그건 불가능한 일일세."

아이언핸드의 단호한 말에 이안은 씽긋 웃으며 자신감을 드러냈다.

"가능합니다. 비록 모험을 해야 하는 일이지만 충분히 가능합니다."

"그게 뭔가? 우리 일족은 수천 년이 넘는 시간 동안 제파스에게 시달려 왔다네. 많은 일족의 전사들이 그놈 때문에 죽은 것을 생각하면… 지금이라도 찢어죽이고 싶은 심정이라네."

"후후! 지금은 말씀드리기 곤란하고… 이곳 시간으로 열

달 뒤에 결행할 생각입니다."

"열 달이라……. 무슨 이유라도 있는 겐가?"

당장에라도 떠나고 싶은 마음이 굴뚝같았다. 그러나 제파스에 대한 복수도 하고 싶은 심정이라 결정을 내리기 어려웠다. 그래서 이안의 생각이 타당하다면 그의 결정에 기댈 생각이었다.

"중간계보다 이곳에서 수련하면 엄청난 도움이 됩니다. 제게 주어진 시간이 그 정도이니 그동안에는 수련을 하고 싶습니다. 그리고 어느 정도 제 능력이 올라가야 제파스를 죽일 확률이 올라가거든요."

"아! 그런 이유라면 우리도 기다리겠네."

"후후! 감사합니다. 한시라도 빨리 중간계로 가고 싶으실 텐데 괜히 저 때문에 늦어지게 되는군요."

"아닐세. 제파스는 우리도 반드시 죽여야 할 원수니까 말이야."

아이언핸드의 말에 뒤에 있는 드워프 전사들도 고개를 끄덕이며 동감을 표시했다. 그들의 눈에 어리는 투기를 보면 상당히 많은 원한을 제파스와 맺은 듯이 보였다.

"여기에 계속해서 있을 생각인가? 차라리 우리 일족의 동굴로 같이 가는 것은 어떻겠나?"

비트가 비록 이안이 심혈을 기울여서 만들었다고는 해도

드워프인 아이언핸드가 보기에는 너무도 비좁고 궁색해 보였다.

"후후! 입구만 봐서 잘 모르겠지만 살고 계신 동굴은 넓은가 보군요?"

"물론일세. 작은 도시를 만들 수 있을 정도로 크다네. 우리 일족 200여 명이 살기에는 충분히 넓고 크지."

작은 도시라는 말에 이들이 어떻게 이곳에서 살아남았는지 알 것 같았다. 적은 인원으로 거대한 동굴을 만들고 그 안에서 자립할 수 있는 무언가를 만들어냈을 것이다. 그게 아니라면 먹을 것 하나 없는 이곳에서 절대 살아남을 수 없었다.

"그렇게 하시죠. 에일리, 준비해!"

"아웅! 주인, 우리 어디로 가? 헤에! 신난다!"

에일리는 어디론가 간다는 것만으로도 기뻐했다. 주인과 단둘이 좁은 공간에서 생활하는 것도 나쁘지는 않지만 넓은 곳을 뛰어다니는 수인족이기에 좀이 많이 쑤신 탓이다.

드워프들의 동굴로 근거지를 옮긴 이후 이안의 생활은 그 어느 때보다 바빠졌다. 검술과 마법을 수련할 시간도 모자랄 정도로 드워프들과의 교류에 신경을 쓴 탓이다.

이안이 가지고 온 쥘베른, 즉 라피드라 명명한 기간트를 본 드워프들은 환장을 하며 기간트를 분해하려고 난리를 쳤다.

장인 일족인 그들에게 기간트는 그 어떤 것보다 강한 호기심을 불러일으켰고, 날마다 그들과 기간트에 대해서 토론했다. 결국 던전에서 쥘베른 한 대를 더 가지고 와 드워프들이 분해할 수 있도록 해주었다.

후웅! 츠츠츠츳!

검에서 솟아오르는 가느다란 오러에 집중하며 저 멀리 보이는 벽면에 가상의 적을 만들었다. 그리고 호흡과 마나의 흐름을 하나로 만들어내며 마나 운용에 만전을 기했다.

'브레이브소드 12식 디스트로이어, 그냥 마나를 흐르게 하는 것이 아닌 강약 조절이 중요한 검식이다. 세상을 파괴할 정도로 강한 검세를 만들어내기 위해서는 마나의 성질도 강하고 파괴적이어야 함이 분명할 터!'

이안은 지난 1년 반이라는 마계에서의 수련을 통해 브레이브소드의 8할 정도를 깨달은 상태였다. 그 이상의 깨달음을 얻는다면 이 정도로 미약한 오러스레드가 아닌 진정한 오러를 만들어낼 수 있을 것이다.

징! 지잉! 지징!

마나 운용법에 따라 검에 만들어져 있는 오러스레드가 기성을 토해내며 울었다. 그러다 어느 순간 가장 강력한 오러스레드가 만들어지자 이안의 신형이 비쾌하게 벽면을 향해 날아갔다.

"브레이브소드 12식 디스트로이어!"

공동을 뒤흔드는 기합과 함께 이안의 검이 가상의 적을 향해서 날아갔다. 점점 거대하게 변화를 일으키는 검의 형체가 맹렬하게 회전하며 그대로 벽면을 강타했다.

콰드드드드등!

거대한 공동이 지진이라도 일어난 듯이 흔들렸다. 그리고 파괴되어 흩날리는 작은 바위들이 사방으로 튀어나갔다.

"후우웁!"

검을 납검하며 호흡과 마나를 안정시키는 이안의 모습은 득도한 고승의 모습처럼 경건하고 차분했다.

"아웅! 성공이다. 우리 주인 멋지다아~!"

에일리는 멀리서 지켜보다 이안이 만들어낸 거대한 검의 흔적을 보고 박수를 치며 즐거워했다.

"응원해 줘서 고맙구나."

이안은 에일리의 응원에 활짝 웃으며 돌가루가 뿌옇게 떠돌고 있는 공동을 빠져나왔다.

'이제 겨우 최상급의 익스퍼트가 되었을 뿐이다. 여기서 안주하는 것은 있을 수 없다.'

잠자고 먹는 시간을 제외하고는 모든 시간을 수련에 몰두한 이안이었다. 그런 그의 노력이 지금의 그를 만들어낸 것이다. 그럼에도 자만하지 않고 더욱 노력해야 한다는 결심을 굳

히고 있었다.

"주인, 하얀 수염이 주인 기다린다."

"하얀 수염? 아, 어디에 계시지?"

"저기 있다, 하얀 수염."

에일리는 여전히 말이 짧았다. 가디언 프로그램을 통해서 전이받은 기억이 저 정도에서 끝난 것이 그 원인이라 추측했다. 제파스를 잡고 강철의 모루 일족을 중간계로 데리고 가는 것에 성공하면 제대로 말을 가르칠 생각이다.

"많이 기다리신 모양이군요. 죄송하게 됐습니다."

"아닐세. 자네가 제파스를 잡기 위해서 부단한 노력을 하고 있음을 아는데 기다리는 것은 일도 아니네."

"그런데 오늘은 쥘베른을 뜯어보지 않는 모양이군요."

"허허허! 이제 쥘베른은 설계도 없이도 만들 수 있을 정도네. 지금은 그보다 더 강하고 부드러운 기체를 연구하고 있지."

"아, 기대되는군요. 하하하!"

드워프 일족이 머리를 맞대고 연구하고 있다는 기간트는 어떤 것일까 하는 기대감에 앞날이 기다려졌다.

"그리고 말이야, 이족보행 기간트는 아니지만 제파스를 상대할 병기를 만들었다네. 어떤가. 같이 가서 볼 텐가?"

"그래도 되나요?"

"허허! 자네는 우리 강철의 모루 일족의 친구일세. 그러니 얼마든지 보아도 된다네."

"후후! 새로운 기간트를 보게 된다는 흥분에 가슴이 설레네요. 어서 가죠."

"따라오게."

에일리도 함께 셋이서 드워프들의 비밀 작업 공간으로 향했다. 길을 가는 동안 새로운 기간트에 대한 것을 이야기했고, 대략적인 기간트의 사양에 대하여 알 수 있었다.

"그럼 새롭게 만든 기간트 샤베른을 소개하겠네!"

비밀 작업실의 문이 열리고 서서히 드러나는 내부의 정경은 이안도 놀라울 정도로 대단했다.

'이런 곳이 있을 줄이야! 정말 대단한 존재다, 드워프라는 존재는.'

온통 강철로 이루어진 공간은 그 크기가 넓은 연병장을 연상케 할 정도로 컸다. 그리고 중앙의 작은 용광로에서는 계속해서 붉은 화염이 솟구쳤고, 특수한 라인을 따라 용광로에서 녹인 쇳물이 흘렀다.

한곳에 모여서 무언가 작업을 하고 있는 드워프들이 있는 곳에 거대한 반인반수형의 기간트가 서 있었다.

"저 기간트의 이름이 샤베른입니까?"

"그렇다네. 쥘베른에서 힌트를 얻어 만든 데다가 야수를 뜻하는 샤를 붙여서 샤베른이라 명명했네."

"정말 멋지네요."

야수형의 기간트라고 하지만 다리는 곤충의 형태를 지닌 것이 눈에 띄었다. 아마도 바위산에서 안정적으로 이동하기에는 이족보행 기간트의 형태보다는 저런 형태가 더 낫다고 판단한 듯싶었다.

"상체는 쥘베른의 형태를 땄는데 무기가 양팔인 겁니까?"

"파성추를 양손에 장착해서 직접 공격하도록 만들었다네. 제파스를 공격하려면 그래야 할 것 같아서 말일세."

드워프들은 제파스를 상대한다는 일념 하나로 밤잠도 마다하며 매달렸다. 그 결과물이 샤베른이었고, 최고 15미터의 거대한 몸체 또한 제파스에 대항하기 위해 만들어진 것이었다.

'양손이 2미터가 넘는 파성추라니… 공성전에 써먹으면 진짜 최고겠군.'

기간트가 만들어진 이래 어지간한 성벽은 그 두께가 최소 10미터가 넘었다. 기간트에 의해서 부서지지 않게 만들어진 것인데 샤베른이라면 그런 성벽을 부술 수도 있을 만한 모양새를 갖추고 있었다.

"동력원은 어떻게 만드셨습니까? 운행은 또 어떤 방식으로 하구요?"

드워프들은 마법사가 없었다. 따라서 샤베른이라는 저 기간트를 운행하는 방식이 궁금했다.

"흐흐흐! 두고 보면 알게 되네."

묘한 웃음을 흘린 아이언핸드가 샤베른을 완성시킨 후 내려오는 드워프들에게 뭔가를 지시했다. 그러자 드워프들은 환호성을 내지르며 일제히 움직였다.

"기동을 할 테니 잘 봐두게."

"기대되네요. 어떤 기간트일지."

이안의 기대 어린 표정에 아이언핸드가 손짓했다. 그러자 샤베른이 강력한 마나를 뿜어내며 움직이기 시작했다.

철컹! 철컹! 철컹!

여섯 개의 다리가 교대로 무척이나 빠르게 움직였다.

'이럴 수가!'

샤베른의 기동 모습을 지켜본 이안은 어떤 방식으로 운용하는지 알게 되자 헛웃음이 흘러나왔다. 마법을 사용할 수 없는 드워프들이기에 그것을 대체할 수 있는 방법을 찾은 것이 저런 방식일 것이다.

"끼야호! 달려라, 달려!"

샤베른의 몸체와 머리가 연결되는 부위에 드워프가 직접 타고 레버를 이용하여 조종하는 방식으로 만들어진 것이다. 마법으로 연결되어 라이더의 의지대로 조종하는 방식에 비하면 진짜 초기 기간트의 라이딩 방식이었다. 하지만 그 어떤 것보다 확실한 방법이기도 했기에 쓴웃음이 절로 나왔다.

"어떤가? 저 정도면 제파스의 발목 정도는 잡아줄 것 같은데 말이야."

마법적인 각인이 필요하지 않은 오직 드워프들만의 기계적인 방식을 따른 기간트의 등장에 이안은 놀랍기도 하고 어이가 없기도 했다.

'그래, 이들에게는 그 어떤 것보다 중요한 일일 테니까.'

이안은 이들의 노력이 가상하다는 마음에 환한 미소와 함께 샤베른에 대한 칭찬을 늘어놓았다.

"하하! 정말 대단하시네요. 그 짧은 시간 동안 저런 녀석을 만들어내다니요. 정말 대단합니다. 최고예요!"

이안이 엄지를 치켜세우며 칭찬하자 아이언핸드와 만드는 것에 동참했던 드워프들이 껄껄 웃었다. 자신들의 노력을 인정해 준 이안이 오늘따라 유난히 고마운 그들이었다.

"준비되셨습니까?"

이안은 바위산의 드워프 요새를 나와 차원의 틈새를 두드리고 있는 제파스를 노려보며 물었다. 그의 뒤에는 에일리와 열 대의 샤베른이 늠름한 모습으로 서 있었다.

"준비는 끝났네. 언제든 명령만 내리게나."

아이언핸드는 특별히 제작된 대형 샤베른을 타고 이안의 바로 뒤에 대기했다. 그는 자신의 샤베른으로 제파스의 목숨을 끊어내기를 간절하게 기원하고 있었다.

"자, 작전대로 움직여야 합니다. 아시겠습니까?"

"알았네."

"그럼 가죠!"

"제파스를 잡으러 가자!"

"우오오오!"

드워프들이 기세를 일으키며 샤베른을 가동시켰다. 여섯 개의 다리로 움직이는 샤베른은 가파른 바위산을 내려감에도 너무도 안정적인 이동력을 선보였다. 그것을 선두에 서서 달리며 관찰하는 이안의 입가에 미소를 그리게 만들었다.

'꼭 마법적인 처리를 통해서 기간트를 만들 필요는 없다는 증거가 저 샤베른이겠지. 물론 쥘베른의 설계도가 없었다면 코어를 만드는 것도 불가능했을 테지만.'

쥘베른의 설계 도면이 대마법사 레이첼의 마법서 안에 있었다. 그것을 보고 간신히 코어 제작에 성공한 이안은 처음 쥘베른의 코어를 떼어내 만들어진 시제기를 제외한 나머지 아홉 대의 샤베른을 완성시켰다.

"시작인가?"

이안은 저 멀리서 제파스의 고개가 돌려지고 놈이 자신들의 접근을 알아챘음을 느끼고는 중얼거렸다. 자신의 생각이 적중하기를 기원하며 손목의 가드에 장착된 두 자루의 날카로운 비수를 바라보았다.

"모두 돌격!"

"돌격이다!"

이안이 제일 먼저 마나 스텝을 사용하여 튀어나가고 그 뒤를 샤베른이 쿵쾅 소리를 내며 따랐다. 마주쳐 오는 제파스의 육중한 돌진을 제일 먼저 맞이한 것은 바로 이안이었다.

타탁! 휘이익!

이안의 신형이 지면을 박차고 공중으로 솟구쳐 올랐다. 뿔을 내밀고 달려온 제파스는 그런 이안의 움직임에 고개를 슬쩍 드는 것으로 대응했다. 정면으로 부딪치는 것이기에 이안을 향해서 뻗어오는 뿔의 움직임은 상당한 위협적으로 이안에게 다가왔다.

'부딪치면 즉사다!'

이안은 거대한 뿔의 공격을 피해 몸을 빙글 회전시켰다. 그리고 곧바로 들이닥친 제파스의 거대한 얼굴을 타고 위로 올라갔다.

"크워어!"

자신의 얼굴에 하찮은 인간이 올라탄 것에 분노한 제파스는 거친 울음을 토해내며 얼굴을 좌우로 흔들었다.

"이크!"

이안은 떨어지지 않기 위해서 마수의 머리 위에 몸을 납작 엎드렸다.

"내가 돕겠네!"

괄괄한 음성을 토해내며 샤베른을 몰아 아이언핸드가 달려왔다. 그는 이안에게 신경 쓰느라 자신들은 안중에도 없는 제파스의 옆으로 달려와 커다란 파성추로 공격했다.

부앙! 콰앙!

묵직한 파육음이 터질 정도로 강력한 일격을 먹이는 것에 성공한 아이언핸드는 더욱 신이 나서 조종 레버를 이리저리 움직였다.

"크아아앙!"

화가 잔뜩 난 제파스는 자신에게 고통을 안겨준 같잖은 강철 괴수를 향해 몸통 공격을 시도했다. 과연 이 땅을 지배하는 지배자다운 면모였다. 강력한 몸통박치기에 강철과 아다만티움을 섞어서 만든 샤베른의 몸체가 우그러들며 뒤로 튕겨졌다.

"피하세요!"

이안은 제파스의 움직임이 심상치 않은 것에 망가지지 않은 샤베른 라이더들에게 얼른 피하라고 경고했다.

"나도 있다, 이놈아!"

한 대가 부서졌지만 그럼에도 불구하고 다른 드워프들은 맹렬히 덤볐다. 제파스의 발길질 하나에 샤베른의 커다란 강철 다리가 부러져 나갔다. 또 뿔에 맞은 몸통이 찢어지는 것에도 아랑곳하지 않고 필사적으로 덤비고 또 덤벼들었다.

"요놈! 일족의 원수 놈!"

아이언핸드는 자신들의 공격이 조금씩 먹혀들어 간다고 생각하는지 미친 듯이 레버를 당기며 공격했다. 그러나 그 공격에 고통스러워할망정 제파스의 가죽은 여전히 멀쩡했다.

샤베른은 쥘베른의 마나 코어를 차용해서 만든 기체이다. 0.6 정도의 출력을 발휘하는 것이라 힘이 강력한 것은 아니었다. 그렇다고 해도 파성추로 공격하면 커다란 바위가 그대로 부서져 나갈 정도의 파워를 지녔다. 그 공격에도 아무런 상처가 없다는 것은 재앙에 가까웠다.

"크워어어엉!"

제파스의 분노가 극에 달했는지 이제까지와는 차원이 다른 울음을 토했다. 그리고 제파스의 이마에서 뿜어져 나오는 붉은 빛이 어두운 마계를 적색으로 물들여 버렸다.

'이, 이게 도대체 뭐지?'

제파스의 변화를 이안은 심각한 위협으로 받아들였다. 몸집만 거대하고 파괴가 불가능할 정도의 가죽을 지닌 놈으로만 생각했는데 이 이상한 빛은 뭐란 말이던가.

그극! 그그극!

파성추의 공세를 받으면서도 제파스는 발로 지면을 긁었다. 그러다 어느 순간 그 육중한 몸체가 믿을 수 없는 속도로 앞으로 쏘아져 나갔다.

"이, 이런……."

이안은 그 움직임에 더 이상 버티지 못하고 공중으로 풀풀 날아올랐다. 그리고 그 와중에 제파스의 앞을 막은 채 파성추를 날리던 샤베른 한 대가 뿔에 받힌 채 밀려가는 광경을 보아야 했다.

"탈출! 탈출하세요!"

이안이 외치자 밀려서 점점 망가져 가는 샤베른을 조종하던 드워프가 조종석에서 뛰어내렸다. 그 뒤로는 그대로 부서져 처참하게 망가지며 한쪽으로 패대기쳐진다.

"옆으로 돌아요! 저놈의 공격은 직선으로 이루어지는 것 같으니!"

이안은 제파스의 공격 패턴이 직선일 거라 생각하여 옆으로 돌면서 돌진 공격에 대응하라고 지시했다. 그러나 샤베른이 옆으로 휘돌면서 공격이 어려워지자 제파스의 이마에서 다신 붉은 혈광이 뿜어졌다.

후우웅! 파츠츠츠측!

혈광이 극도로 밝게 빛을 발하는 순간 이마에서 뿜어진 검은 번개가 회피 기동을 하는 샤베른을 노리고 쏘아졌다.

'미, 미친!'

생명의 위협을 느끼는 순간 잠들어 있던 마정석이 깨어나고 마수의 타고난 능력이 발휘되었다. 초고속 돌진과 지금 발휘되고 있는 흑암의 뇌전을 쏘아내는 능력이다.

콰앙! 츠츠츠춧!

뇌전에 격중된 샤베른은 엄청난 충격에 뒤로 밀려났다. 그러나 그것보다 더 큰 문제는 뇌전의 힘이 몸체를 타고 흐른다는 것이었다.

"아아악!"

비명을 지르며 시커멓게 타들어가는 드워프 전사의 모습을 보며 이안은 이를 앙다물었다.

'이대로 가다가는 전멸이다. 마지막 방법을 사용하는 수밖에 없어.'

피해는 이미 감수하기로 작정했다. 드워프 전사들의 희생을 발판 삼아 제파스를 죽일 수만 있다면, 그리고 설령 자신이 그 모험을 거는 와중에 희생된다고 해도 상관없었다.

"작전대로 시행합니다! 모두 일제히 돌격하세요!"

"알았네."

"무운을 빈다!"

드워프들이 동료의 희생에 격분했는지 목숨을 도외시하고

일제히 제파스를 향해 달려들었다. 그리고 앞발을 제파스의 몸에 걸고 힘겨루기에 돌입했다.

"한 번에 쳐야 합니다. 셋! 둘! 하나! 치세요!"

이안의 카운트에 살아남은 드워프들이 일제히 레버를 강하게 잡아당겼다. 그러자 파성추로 이루어진 샤베른의 팔이 한꺼번에 제파스의 몸체에 충격을 주었다.

그 반동으로 몸부림치는 제파스로 인해 샤베른의 다리가 부러져 나가며 튕겨졌다. 그럼에도 다시 죽기 살기로 달려들자 제파스의 입이 벌려졌다.

"크워어어어!"

고통스러운 울음을 토하는 제파스와 그런 제파스의 행동을 살피던 이안이 한꺼번에 마나를 터뜨리며 제파스의 입을 향해 날아갔다.

'겉이 난공불락이라도 속은 다를 것이다. 그리고 내가 하려고 하는 이 방법이라면!'

이안은 울음을 토하느라 벌려진 제파스의 입을 통과하여 작은 동굴이라고 해야 할 목구멍으로 파고들었다.

'지금이다!'

목구멍을 지나면 더 이상의 기회는 존재하지 않는다. 위산에 의해 그대로 녹아내릴 것이기 때문이다.

"라피드 소환!"

후우우웅!

라피드가 담겨 있는 팔찌에서 마나가 뿜어져 나오고, 식도를 타고 흐르는 이안의 앞쪽에 라피드를 소환하기 시작했다.

"됐다! 소환은 성공했어!"

이안은 제파스의 몸체 안에서 소환되어 나오는 라피드를 보며 웃을 수 있었다. 공간이동을 할 때 이동하는 물체가 소환되는 자리에는 그 어떤 것도 없어야 한다.

그게 아니라면 두 물체가 융합되어 이상한 것으로 만들어질 수 있었다.

대부분은 합쳐지면 원래의 것이 아닌 이상한 물체가 되었고, 생명체는 죽음을 맞이했다. 그것을 노리고 제파스의 몸체 안에서 라피드를 소환한 것이다.

8장

뭐라고 불러야 하는 거야?

마나와 마기의 충돌, 그리고 정체를 알 수 없는 이상한 기운의 폭발이 제파스의 몸체 안에서 일어났다. 그 충격파에 의해 식도를 타고 떠내려가던 이안의 몸이 바깥으로 튕겨지듯 나왔다.

"이보게, 괜찮은가?"

어느새 움직임이 멎어버린 제파스의 동체는 이상한 기류에 휩싸여 있었다. 그 이상 징후에 아이언핸드와 남은 드워프 전사들은 뒤로 후퇴하여 사태를 주시했다. 그런 와중에 이안의 몸이 입을 통해서 토해져 나오자 얼른 달려와 안부를 물었다.

"크으, 괜찮습니다."

정체불명의 기파에 휘말려 내상을 입었지만 아티팩트로 도배한 덕분인지 그다지 심각한 것은 아니었다.

'도대체 어떻게 된 거지?'

이안은 급히 시선을 틀어 마나와 마기가 충돌하고 있는 제파스의 동체를 살폈다.

후웅! 쿠쿵! 우웅! 지지징!

연달아 터지는 소음은 뭔가 심각한 일이 벌어지고 있다는 것을 알게 했다. 그리고 시작되는 기이한 현상은 이안의 눈을 의심케 만들었다.

"잘못하면 터질지도 모릅니다. 그러니 뒤로 더 물러나세요. 어서요!"

"아, 알았네."

제파스의 동체는 지금 심각한 변화를 보여주고 있었다. 커다랗게 부풀었다가 절반 정도로 축소되는 이상한 모습은 언제라도 폭발을 일으킬 것만 같았다. 특히 9미터의 체고를 지닌 라피드가 안에 들어 있기에 코어의 이상으로 폭발한다면 방원 50미터 정도는 가볍게 날려갈 것이다.

쿠쿵! 고오오오오!

어느 순간 제파스의 동체가 이상 징후에서 벗어나고 주위의 마기를 미친 듯이 빨아들이기 시작했다.

"으읏!"

이안은 마기를 빨아들이는 정체불명의 힘 앞에 낮은 신음을 터뜨리며 몸을 낮췄다. 강한 바람에 흙먼지가 피어오르고 마기와 어우러져 강력한 먼지 폭풍을 만들어냈다.

'도대체 무슨 상황인지 알아야 무슨 조치를 취해도 취할 텐데……'

이안은 눈을 뜨기도 어려운 상황이라 에일리의 머리를 감싸 안고 더욱 깊숙이 몸을 숙였다. 그렇게 시간이 흘러가고 강력한 마기의 폭발이 일어나는 것에 이빨을 앙다물었다.

콰아아아아아앙!

"크읏!"

"크으윽!"

드워프들 역시 샤베른의 조종석에 숨어 있었지만 마기의 폭발이 만들어낸 후폭풍에 휩싸이자 짧은 신음을 흘리며 몸을 웅크렸다.

'끝인가?'

이안은 폭풍이 지나가고 더 이상의 이상 징후가 나타나지 않는 것에 슬그머니 눈을 떴다.

"헉!"

도저히 일어날 수 없는 일이 일어나고야 말았다. 눈을 비비며 제대로 보고 있는 것인지 확인한 이안은 자신도 모르게 걸음을 옮겼다.

"이, 이게 도대체 뭐야?"

분명 제파스의 동체는 사라지고 없었다. 대신 그 자리에 모습을 드러낸 것은 제파스의 가죽으로 이루어진 외형을 지닌 거대한 기간트였다.

'설마… 라피드와 제파스가 융합된 거란 말인가? 하아, 도저히 믿을 수 없구나.'

9미터의 체고를 지닌 쥘베른이던 라피드의 체고가 12미터로 늘어나 있었다. 아마도 강철로 만들어진 라피드의 동체가 뼈대가 되고 그 위에 제파스의 근육과 가죽이 덧씌워져 기간트로 재탄생된 듯싶었다.

"아웅! 저 뿔, 너무 멋지다. 에일리도 갖고 싶다, 주인!"

에일리는 라피드의 변형된 모습에서 가장 눈에 띄는 부분인 두 개의 거대한 뿔을 가리키며 말했다.

"그래, 정말 멋지구나. 네 말대로."

이안은 라피드의 변화된 모습을 살폈다. 우선 뿔이 제일 눈에 들어왔고 이마 부분의 정 가운데 박혀 있는 붉은 보석이 다음이다. 아마도 제파스가 사용하던 그 이상한 능력의 원천이 되는 마정석으로 보였다.

'저게 과연 마정석일까? 저 정도의 크기라니……'

지름이 30cm 정도 되는 마정석은 마나석을 통틀어도 듣지도 보지도 못한 것이다. 최상급의 마나석의 크기가 성인의 주먹만 한 것이 최고였으니 저런 크기는 그 유래를 찾아보기 어려웠다.

"저, 저것이 도대체 뭔가? 제파스의 가죽과 뿔이 왜 저기에 달려 있는 것이야?"

아이언핸드 역시 라피드의 변화에 너무 놀라 말까지 더듬었다. 이안도 어떻게 된 영문인지 몰랐기에 뭐라 대답하지 못하고 고개만 좌우로 흔들었다.

"그런데 저걸 기간트라고 불러야 하는 건가, 아니면 생체 병기라고 불러야 하는 건가?"

아이언핸드는 종족 특성인 장인적인 견지에서 드는 호기심에 물었다. 그 물음에도 이안은 대답할 수 없었지만 한 가지 확인을 한다면 대답할 수 있을 것도 같았다.

"일단 탑승해 보면 알겠죠."

"아! 그런 방법이 있었구만. 어서 타보게, 어서!"

아이언핸드의 재촉에 이안은 변화된 라피드 앞으로 달려갔다. 그리고 팔찌를 앞으로 내밀며 명령을 내렸다.

"라피드 탑승 모드!"

─마스터의 탑승을 환영합니다. 소환!

후웅! 지이잉!

이안의 몸이 라피드가 만들어낸 마법진에 의해서 순식간에 사라졌다.

—시스템 활성화합니다. 5, 4, 3, 2, 1… 코어 온!

우우웅! 파앗!

"으윽!"

이안은 코어가 활성화되며 전신에 느껴지는 강력한 힘에 비명을 질렀다. 이전의 0.6이 안 되는 코어의 출력으로는 도저히 느낄 수 없는 강력한 힘이다.

"우와! 이마에 불이 들어온다! 너무 멋지다, 주인!"

바깥에서 들려오는 에일리의 음성에 라피드의 이마에 박혀 있는 붉은 마정석도 활성화되었음을 알 수 있었다.

'마정석도 활용이 가능하다면 이해가 가는군. 도대체 얼마나 강력해진 거지?'

이안은 원래 라피드가 낼 수 있는 힘을 떠올리며 멀찍이 놓여 있는 바위로 이동했다. 그리고 도착하기 무섭게 바위를 양팔로 잡고 들어 올리기 시작했다.

'원래 라피드의 힘이라면 절대 들어 올릴 수 없는 바위다.'

두 팔을 벌려서 간신히 잡은 바위이니 그 크기와 무게를 생각하면 절대 불가능에 가까운 도전이다.

쿠웅! 우지지지직!

그러나 이안의 생각을 비웃기라도 하듯이 새롭게 태어난

라피드는 땅속 깊숙하게 박혀 있는 바위의 뿌리까지 뽑아내 버렸다.

"헐! 이걸 도대체 뭐라고 불러야 하는 거야?"

이안은 괴물이 되어버린 라피드의 정체성에 머리가 지끈거려 왔다. 그리고 이런 기간트를 세상이 어떻게 받아들일지 그것도 의문으로 남았다.

'이러다 왕실 마탑에 끌려가는 거 아닌지 몰라.'

라피드의 정체가 밝혀지면 왕실 마탑에 끌려가는 것은 정해진 수순이라고 봐야 했다. 아마 그들은 라피드의 머리부터 발끝까지 해부하여 만들어진 원리를 알아내기 위해 무슨 일이라도 저지를 것이다.

'무조건 감춰야 한다. 이 녀석은 너무 위험해.'

이안은 살기 위해서라도 라피드의 정체를 감추기로 마음먹었다. 자신의 목숨이 위태롭지 않다면 평생 꺼내지 않아야겠다고 생각했다.

지이이잉!

마법 수정구가 환한 빛을 토해내고, 지난 시간 동안 보고를 받던 군단사령부의 마법사가 대답했다.

―1군단 사령부다. 통신을 넣은 사람의 관등성명을 밝히시오.

"아! 저 이안 레이너입니다."

ㅡ오! 레이너 경, 무사했구려. 그래, 맡은 임무는 어느 정도 진척된 거요?

"물론입니다. 헬카이드의 배꼽에 위치하는 몬스터들의 대략적인 영역을 모두 파악했습니다. 그리고 지금 탈출하기 위해 제가 떨어졌던 절벽으로 이동 중입니다."

ㅡ정말 수고 많았네. 그럼 탈출을 도울 부대원들을 파견하도록 하겠네.

"아니요. 그럴 필요는 없을 것 같습니다. 자세히 살펴보니 절벽을 타고 오를 수 있을 것 같아서 말입니다."

ㅡ그런가? 그럼 어서 빠져나오도록 하게. 귀환하는 대로 군단사령부에 출두해서 그간 있었던 일에 대해 소명해야 하네. 이건 절차일 뿐이니 자네가 이해하게나.

사지에서 빠져나오느라 고생한 사람에게 심문을 하는 것이 못내 미안했는지 에둘러 이야기했다. 하지만 이안도 군대라는 곳이 어떤 성격을 지니고 있는지 알기에 별일 아니라는 투로 대답했다.

"걱정 마십시오. 저 역시 기사이기 이전에 군인입니다."

ㅡ하하하! 역시 그럴 줄 알았네. 그럼 무사히 귀환하기를 기원하겠네.

"넵! 이만 통신 아웃!"

이안은 통신을 마치자 걸터앉았던 오우거의 사체에서 일어나며 수정구를 챙겨 넣었다.

"정말 좋은 곳일세. 이곳의 지명이 헬카이드의 배꼽이라고 했던가?"

"네, 운석이 떨어지며 거대한 크레이터가 만들어진 탓에 그렇게 이름이 붙었습니다."

"허허! 정말이지, 자연의 힘은 너무도 위대한 것일세. 이렇게 멋진 절경을 만들어내니 말이야."

아이언핸드는 마계를 벗어나 중간계로 나와서 처음으로 맞닥뜨린 헬카이드의 배꼽에 정신을 모두 빼앗겼다. 나무 하나 나지 않는 마계에 비하자면 이곳은 지상낙원이나 다름없었다. 게다가 마계의 무거운 기압에서 행동하던 것 때문인지 중간계에서는 마스터를 능가하는 움직임을 선보였다. 때문에 하늘을 둥둥 떠다니는 기분일 테니 절로 콧노래가 흘러나오는 것도 무리는 아니었다.

"이곳에 터를 잡아야겠네."

"이곳에요? 몬스터도 많은데…… 결정적으로 광맥이 있는지가 중요하지 않나요?"

"흐흐흐! 그 정도는 바로 확인해 두었다네. 저쪽과 그 옆에 질 좋은 철 광맥이 있네. 그리고 저기 북서쪽의 절벽은 마나석 광맥이 존재하고 말이야."

"네? 마나석이라고 하셨습니까?"

"그렇다네. 바로 옆으로 지하 수맥이 흐르고 있어서 물을 구하기도 편한 곳이니 이보다 좋은 곳은 또 없을 거라 생각되네."

생각해 보면 철광석과 마나석 광맥이 있는 곳을 구하는 것은 결코 쉽지 않은 일이다. 드워프인 그들이 이곳에 자리를 잡겠다는 하는 것이 무작정 내린 결론이 아니라는 걸 깨닫게 되자 고개를 끄덕거리며 동의를 표했다.

"그렇게 하세요. 던전에서 멀지 않은 곳에 있으니 서로 돕기도 편하고 좋네요, 뭐."

"허허허! 주인의 허락을 받았으니 우리도 터전을 만들어야겠네."

"에고, 주인이라니요."

던전의 주인이기는 해도 이곳 헬카이드의 주인이라고 할 수는 없었다. 그럼에도 아이언핸드는 고개를 저었다.

"아닐세. 헬카이드의 배꼽은 던전의 운석으로 인해서 만들어진 곳일세. 그러니 자네가 이곳의 주인이 분명하네."

"그런가요? 후후! 그럼 사양 않고 주인 하도록 하지요."

이안의 넉살에 아이언핸드의 얼굴에도 푸근한 미소가 어렸다. 이후에도 두 사람은 한동안 드워프들이 자리를 잡는 문제와 주의할 점에 대해서 논의했다.

'강철의 모루 일족도 이곳에 정착을 했고, 아레나의 던전도 지켜야 하니… 이 땅을 내가 차지하는 방법은 없을까?'

자원도 충분하고 삼국의 국경을 모두 맞대고 있는 지리적인 이점도 갖춘 땅이다. 비록 방원 20km 정도의 작은 땅에다 산맥의 중간이 푹 꺼진 지형이 문제지만 활용하기에 따라 무궁무진한 발전 가능성을 가진 땅이다.

'어떻게든 차지하고 만다. 어떻게든!'

이안은 이 황금알을 낳는 대지를 결코 남에게 빼앗기지 않으리라 다짐하며 헬카이드의 배꼽을 떠났다.

"충! 10641백인대장 이안 레이너가 복귀했음을 신고합니다!"

이안 레이너는 부동자세로 직속상관들에게 복귀 신고를 했다.

"쉬어. 헬카이드의 배꼽에 떨어져서 사망 처리까지 한 귀관을 보게 되어 정말 기쁘다. 오늘 이 자리가 만들어진 이유는 알고 있으리라 믿는다. 보고하도록!"

"충!"

이안은 복명과 함께 먼저 던전에서 만들어온 헬카이드의 지도를 꺼냈다.

"이것이 지난 시간 동안 헬카이드의 배꼽을 탐험하며 작성한 지도입니다."

"가져오게."

가만히 있던 헥토르 후작이 처음으로 명령을 내렸다. 그는 이안이 복귀 신고를 하는 동안 묵묵히 이안을 바라보고만 있던 사람이다.

"여기 있습니다."

호위기사가 이안이 작성한 지도를 올리자 헥토르 후작은 지도를 꼼꼼하게 살폈다.

"몬스터들의 서식 지도인가? 대강의 지형지물에 대한 것도 표시되어 있구만. 수고했네."

대략적인 지형과 서식하고 있는 몬스터의 종수, 그리고 개체 수에 관한 것도 표시되어 있었다. 그리고 어떤 식으로 이동해야 그들의 공격을 받지 않고 움직일 수 있는지에 관한 메모까지 곁들여 있어 군사작전을 펼칠 때 아주 유용한 지도라 할 수 있었다.

물론 헬카이드의 배꼽은 세 나라의 중간에 존재하는 곳이라 암묵적으로 중립지대의 성격을 가진 곳이다. 때문에 그곳을 먼저 들어간다는 것은 다른 두 나라의 공격을 초래할 수 있기에 작전이 펼쳐지지는 않을 것이다.

"먼저 사고 경위부터 보고해 보게."

"충! 먼저 사고가 일어난 경위는 그랜드크로스를 대비하기 위해 위력정찰 훈련을 하던 중 좁은 작전로의 붕괴 때문에 벌어졌습니다."

이안은 험프리의 공격으로 인해서 추락했다는 것을 감췄다. 비록 그가 자신을 죽이려고 했지만 그의 공격 이유를 밝히게 된다면 마나석 광산에 대해서도 조사가 이루어질 것이다.

그것을 숨기기 위한 일환으로 험프리의 잘못을 덮고 자신을 구하기 위해서 그가 마지막에 최선을 다했다는 식으로 보고했다.

"그렇구만. 험프리 마스터 서전트의 공이 컸군."

"그런 셈입니다."

"그런데 말이야, 아직 험프리 서전트는 돌아오지 않고 있네. 연락도 없고 말이지."

이안은 험프리가 떨어질 때 바위에 부딪쳐 자신이 살피지 못한 곳으로 떨어진 것은 아닌지 생각했다. 그러나 이야기를 하는 헥토르 후작과 그 옆의 인사 참모의 눈빛이 뭔가 의심하는 듯하여 그것이 수상했다.

'왜 저런 눈빛을 보내는 거지? 설마… 마나석 광산에 관한 것을 저들도 알고 있는 것일까?

이안은 그 혹시나 하는 마음이 사실이 아니기를 바랐다. 마스터 서전트 정도가 잠채하는 것과는 그 차원이 다른 것이 왕국의 영웅으로 불리는 후작이 마나석 광산을 감추고 있는 것이다.

'마나석은 기간트를 움직이는 연료, 그걸 왕국 몰래 뒤로 캐내고 있다면… 노리는 것은 하나뿐이다. 바로 반역!'

이안은 고개를 숙여 흔들리는 눈빛을 감추며 마음을 다독였다. 그리고 험프리가 살아 있는지 죽었는지에 관계없이 죽은 것으로 몰아가기로 했다.

"떨어질 때 바위에 부딪쳤으면 제가 떨어진 곳과는 전혀 엉뚱한 곳에 떨어졌을 수도 있습니다. 제가 살아남은 것은 진짜 천운이기에… 아마도 죽었을 확률이 높습니다."

"그런가? 흐음, 그럴 수도 있겠어."

헥토르 후작은 뭔가 아쉬워하는 듯한 눈빛을 보였다. 그의 권태로운 눈빛에서 의심의 빛이 사라진 것에 이안은 안도했다.

"불행한 사고로 인해서 안타까운 인명 피해가 있었지만 그걸 극복하고 헬카이드의 배꼽지대에 대한 세밀한 지도를 만들어낸 귀관의 노고를 치하하는 바이다. 이번 사건은 여기서 종결할 것이니 귀관은 돌아가서 그랜드크로스에 대비토록 하라."

"충! 명을 받들겠습니다."

이안이 군례를 올리며 대답하자 6사단 사령관은 흡족한 미소를 지으며 헥토르 후작에게 시선을 돌렸다. 뭔가 말하려고 하는 순간 헥토르 후작이 이안에게 물었다.

"그런데 말이야, 처음 보았을 때는 중급 정도의 익스퍼트 이던 걸로 기억하네. 헌데 지금 보니 끝자락에 이르러 있군. 단시일 내에 상당한 노력을 했다고 하기에는 너무 급작스럽 다는 생각이라네. 그것에 대하여 할 말이 있나?"

헥토르 후작의 말에 이안은 가슴이 덜컥 내려앉았다. 여기 서 사실을 이야기할 수는 없으니 무조건 우기는 수밖에 없었 다. 약간의 사실을 합해서 우긴다면 저들도 뭐라 할 수는 없 을 것이다.

"매일 죽을 고비를 넘기며 몬스터들과 싸워야 했습니다. 그러던 중 가문의 시조이신 렉시온 님께서 남기신 검술의 유 진을 발견할 수 있었습니다. 이것이 저희 가문의 시조이신 렉 시온 님께서 남긴 팔찌인데……."

이안은 라피드의 아공간이 담겨 있는 팔찌를 내보였다.

마법사가 보더라도 얼핏 봐서는 그것이 무엇을 하는 것인 지 알 수 없는 정교한 아티팩트라 상관없었다. 가문의 시조가 남긴 유품을 내놓으라고 강요할 수 없기에 할 수 있는 일이었 다.

"그 문장은… 호오! 400년 전에 멸망한 리하르트 왕국의 왕 실 문장이로군!"

"그렇습니다. 가문의 시조이신 렉시온 님은 마스터의 반열에 오른 마검사로 리하르트 왕국의 공작위를 가진 검호셨습니다. 그분의 유품이 대대로 내려왔는데 이번에 그 안에 담겨 있는 잃어버린 가문의 비기를 습득할 수 있었습니다."

"하하! 축하하네. 가문의 잃어버린 비기를 습득했다니 진정 축하 받을 일이네. 앞으로 경을 지켜보겠네. 얼마나 성장할지 궁금해지는군. 내 할 말은 끝났네. 돌아가도 좋다."

"충! 이만 백인대로 복귀하도록 하겠습니다."

이안은 헥토르 후작의 눈에서 뭔가 알 수 없는 기이한 빛을 엿보았다. 그것이 탐욕인지 아니면 뛰어난 인재를 보았다는 기쁨을 토로하는 것인지는 알 수 없었다.

'조심해야겠다. 저 눈빛, 위험하다!'

이안은 헥토르 후작이 보여준 그 눈빛을 떠올리며 최대한 조심해서 일을 진행시켜야겠다고 판단했다. 그의 눈빛이 좋은 의미라면 상관없지만 탐욕이라면 언제든 자신의 목숨을 노릴 수 있으니 말이다.

"추, 추웅!"

이안이 부대에 돌아오자 제일 먼저 달려온 것은 다름 아닌 험프리를 따르던 부사관들이었다. 그들은 두려움에 가득한 눈빛으로 이안의 처분만을 기다리는 모습들이다.

"따라와."

"네, 넵!"

특히 추락에 관련하여 험프리의 명령을 따랐던 2조장 맥기의 얼굴은 금방이라도 울 것처럼 변해 있었다. 1조장 피터와 3조장 한스는 그나마 체념했는지 맥기보다는 나았다.

"앉아라."

백인대장실에 들어오자마자 이안은 짧고 굵은 목소리로 명령했다.

"탈영이라도 했을 줄 알았는데 얼굴을 보게 되는군."

"그, 그것이… 죽을죄를 지었습니다."

"용서를 구합니다, 대장님!"

피터와 다른 조장들이 바닥에 무릎을 꿇고 용서를 구했다.

"험프리의 가방에서 나온 것이 뭔지 짐작할 수 있겠나?"

뜬금없이 하는 이안의 말에 세 사람은 눈동자를 뒤룩뒤룩 굴렸다. 그 안에 들어 있을 물건이라면 이번 사건의 원인이 되는 마나석 잠채에 관련된 것일 것이다. 하지만 혹시라도 모르고 넘어갈 수도 있는 일을 미리 떠벌릴 필요는 없었다.

"모, 모르겠습니다. 그리고 험프리 마스터 서전트께서 사관 길들이기를 하신다고 하셔서 저희는 그저 따랐을 뿐입니다. 정말입니다."

맥기는 살기 위해서, 그리고 지난 마나석 잠채를 통해서 벌어들인 막대한 돈을 감추기 위해서 필사적으로 말했다.

"갈!"

강력한 마나가 실린 음성이 집무실을 뒤흔들었다. 그리고 그가 내뿜는 강렬한 살기가 내부 공기를 잠식해 들어갔다.

"크읏!"

"으으……!"

전장에서 굴러먹던 부사관들이라지만 최상급의 익스퍼트, 그것도 그 끝자락에 오른 이안의 살기를 감당할 수는 없었다. 특히 마계에서 수련을 쌓은 덕에 이안의 마나에는 강한 투기가 깃들어 있기에 그 위력은 마스터에 비할 바가 아니었다.

"사, 살려… 살려주십시오."

맥기는 바들바들 떨며 머리를 숙이고 살려달라고 애원했다.

"네놈들도 이것이 뭔지 알겠지?"

이안이 윽박지르듯이 하는 말에 세 사람은 고개를 들고 테이블 위에 올려놓은 물건을 보았다. 너무도 익숙한 물건, 오랜 시간 동안 작은 하천을 밤마다 헤집고 다니면서 잠채한 바로 그 물건이다.

"꿀꺽!"

맥기는 이안이 마나석에 대해서 알게 됐다는 것을 깨닫고는 마른침을 삼키며 절망적인 표정을 지었다.

마나석 잠채는 군인이 해서는 안 될 일이었고, 사실이 알려지면 여기 있는 세 사람은 그날로 목이 달아날 것이다. 물론 그들의 수중에 있는 돈도 국가에 회수당함은 물론이다.

"죽을죄를 지었습니다! 목숨만 살려주십시오!"

피터는 상황 파악이 남들보다 빠른 편이었다. 그는 이안이 상부에 보고하지 않고 직접 자신들을 추궁하는 이유가 잠채에 관해 관심이 있다는 것으로 판단했다. 그렇다면 앞으로 한배를 타게 될 것이고, 자신들을 절대 해치지 않을 것이다.

이렇게 용서를 구하고 살려달라고 빌면 검 자루를 손에 쥐었다고 생각하고 험프리가 맡았던 역할을 자신이 하려 할 것이다.

"훗! 죄를 지었는데 살려달라는 말이 나오다니⋯ 비위가 상당히 강한 모양이지?"

"아, 아닙니다. 그저… 관용을 구할 뿐입니다."

피터의 말에 이안은 조소를 머금었다. 이들을 어떻게 할 생각은 없었다. 광산을 직접 건드리는 것도 아니고 하천에 떠내려 온 마나석을 잠채하는 것이니 죽을죄를 지은 것도 아니었다.

'뭐 군인의 신분으로 그런 짓을 했다는 것이 문제이긴 하지만…….'

이안은 피터를 비롯한 세 사람을 자신의 밑으로 받아들일 생각이다. 비록 나쁜 짓을 했지만 무언가 일을 진행할 때 착하고 순해빠진 이보다는 오히려 이렇게 강한 성정을 지닌 이들이 도움이 된다고 판단했다. 물론 이들을 자신의 의사대로 움직일 수 있어야 하겠지만 그 점은 자신 있었다.

"좋아, 귀관들이 행한 일들은 묻어두겠다. 그러나 이제부터 마나석의 잠채는 중단한다. 동의하나?"

"그것은… 알겠습니다."

피터가 동의한다고는 했지만 표정에는 막대한 이득을 포기해야 한다는 억울함이 가득했다.

"중단하는 것이 좋다. 마나석이 어떻게 팔리는지는 모르지만 그걸 사는 이들이 언제까지 그것을 두고 보기만 할 거라 생각하지?"

"아…….."

"마나석은 국가에서 직접 관리하는 몇 안 되는 물건이다. 그것을 잠채한다는 것이 알려진다면 힘이 있는 자라면 모두 달려들 거라고 생각하지 않나? 그 와중에 귀관들은 쥐도 새도 모르게 제거되겠지. 지금까지는 운이 좋아서 안 걸렸다고 해도 언제까지나 그 운이 계속될 거라고 생각한다면 오산이다."

이안의 말에 세 사람은 완전히 납득한 것은 아니지만 포기하는 것으로 결정을 내렸다.

"후후! 그렇다고 낙심할 필요는 없다. 내가 말한 것은 정확하게 말하자면 잠채 중단이 아닌 판매를 중단하는 거니까."

"그, 그렇다면……."

"맞다, 안전한 판로를 확보하고 난 후 계속할 생각이다. 어차피 주인 없이 강가에 잠들어 있는 물건이고 그것을 줍는 사람이 파는 것은 당연하다고 생각한다."

이안은 당근을 제시했다. 비록 마음에 걸리는 부분이 없지 않지만 그 정도의 일은 얼마든지 처리할 방법이 있으니 이들을 확실한 자신의 편으로 만들어놓는 것이 더 나은 선택이었다.

"지금까지 판매는 죽은 험프리가 대행했나?"

"그렇습니다. 그가 판매를 하고 난 후 돈을 나눠 줬습니다."

"어느 정도의 돈을 받았지?"

"지난달에 하급 마나석 아홉 개를 가져갔는데 개인당 200골드씩 나눠 줬습니다."

"아홉 개에 200골드씩이라……. 정상적인 판매라면 1,800골드이니 네 명이서 나눠도 400골드는 넘게 받아야 하지 않나?"

"잠채를 하다 보니 정상적인 판매가 어렵다는 말을 들었습니다. 그래서 반값에 팔아야 한다고……."

피터의 말에 이안은 고개를 저으며 조소를 날렸다. 그 표정을 보는 세 명의 조장은 자신들이 모르는 무언가가 있음을 느꼈다.

"내가 획득한 험프리의 마법 가방에 들어 있는 돈이 얼마인지 아나? 아! 물론 그 돈은 내가 차지한다. 이의는 받아들이지 않겠다."

이안은 단호하게 험프리의 돈에 대한 소유권을 확실하게 정했다. 그래야 나중에 군말이 나오지 않을 것이고, 혹시 모를 만약의 일을 방지하고자 했다.

"당연한 결정입니다. 저는 인정합니다."

"저 역시……."

세 사람이 모두 인정하자 이안은 험프리의 가방을 꺼냈다. 레이첼의 무한의 가방 안에 들어 있던 것으로 세 사람은 험프리의 벨트에 항상 채워져 있던 것이라 무덤덤한 표정이다.

"험프리가 챙겨놓은 것이다. 다른 곳에 얼마나 더 있을지는 알지 못한다는 점을 감안하도록."

이안은 그렇게 말하며 가방을 거꾸로 들고 흔들었다.

우르르!

가장 먼저 쏟아진 것은 플래티넘 골드였고, 몇 개의 마나석도 함께였다.

"헉! 이, 이게 얼마야?"

"크으, 고블린만도 못한 새끼."

이를 갈아붙이며 험프리에 대한 분노를 토해내는 세 사람은 험프리가 자신들 몰래 엄청난 금액을 착복해 왔다는 것에 극도의 배신감을 느꼈다.

"8만 골드가 넘는다. 귀관들이 챙긴 금액과 비교해 보면 그놈의 농간이 어떠했는지 알 수 있을 것이다."

"으으, 우리에게 준 돈을 다 합해도 그 절반에도 미치지 못합니다. 뿌드득!"

"난 적어도 이런 짓은 하지 않는다. 물론 내가 일을 진행하면 공평하게 나눌 생각은 없지만 최대한 너희들의 몫을 챙겨주겠다. 어떤가? 나와 함께하겠나? 적어도 나란 놈은 부하를 버리지는 않는다."

세 사람은 험프리에 대한 배신감에 몸서리를 치다 이안의 제안을 들었다. 그리고 따지고 보면 같이해서 나쁠 일은 없다는 판단에 일제히 고개를 숙이며 외쳤다.

"따르겠습니다!"

"마소처럼 부려주십시오!"

"주군으로 모시겠습니다!"

세 사람의 맹세에 이안은 묘한 미소를 지으며 그들의 손을 잡았다.

"앞으로 잘해보지."

"네, 주군!"

세 사람은 위기에서 벗어나 새로운 주인으로 모시게 된 이안에게 감사했다. 나중에는 어떤 식으로 사이가 정립될지 모르지만 지금은 계약 관계의 주종 간이 된 셈이다.

뎅! 뎅! 뎅! 뎅!

백인대의 진영이 있는 목재 요새에 비상을 알리는 타종 소리가 요란했다. 이안이 돌아온 지 하루 만에 벌어진 일로 그랜드크로스가 시작됐음을 알렸다.

'드디어 시작인가?'

그랜드크로스가 일어나는 날을 기점으로 엄청난 몬스터 웨이브가 대륙을 강타한다. 모든 몬스터들이 미쳐 날뛰는 날이고, 사람들마저 그 그랜드크로스의 영향을 받아 피가 끓어오를 정도이다.

"대장님, 보고 드립니다!"

2조장 맥기가 달려왔다. 그의 얼굴에는 잔뜩 긴장한 빛이 역력했는데, 어디선가 일이 벌어졌음을 짐작케 했다.

"보고하도록."

"본 백인대의 수조권 지역인 리갈 마을에 몬스터의 공격이 시작됐다고 합니다."

"리갈 마을?"

이안은 오자마자 타격 훈련을 했고 그때 사고가 일어나는 바람에 리갈 마을을 보지 못했었다. 어찌 되었든 리갈 마을도 10641백인대의 영역이고 수조권을 행사하는 곳인 만큼 반드시 지켜야 할 곳이기도 했다.

"어느 정도나 된다고 하던가?"

"그, 그게… 오크 천여 마리와 중대형 몬스터도 보였다고 합니다."

"이런……."

중대형 몬스터가 낀 오크 천여 마리라면 백인대의 힘으로는 막을 방법이 없었다. 한 시간도 못 버티고 전멸할 전력이라는 것에 이안은 이를 앙다물었다.

'그래도… 구해야 하겠지?'

어떤 방법을 써서라도 리갈 마을을 구원해야 한다. 그것이 자신에게 주워진 군인으로서의 임무였고 기사로 서임 받은 자로서 무조건 해야 할 일이었다.

"부대를 반으로 나눈다. 절반은 여기를 지키고 나머지 반은 나를 따라오도록."

"충!"

이안이 리갈 마을을 지키기 위해서 출동한다는 말에 맥기는 죽음을 각오한 표정으로 대답했다.

'썩어빠진 놈들이지만 군인은 군인이라 이건가? 후후!'

이안은 맥기의 행동에 후한 점수를 주며 출전할 준비를 갖췄다. 만약의 사태가 벌어지게 되면 바로 사용할 수 있도록 쥘베른의 아공간 팔찌를 오른 손목에 착용했다.

9장

나를 따르겠는가?

이안이 이끄는 부대는 맥기와 한스가 조장으로 있는 10인 대를 주축으로 편성된 부대였다. 방패병 한 개 조와 창병 두 개 조, 그리고 궁병 두 개 조로 이루어진 복합 부대로 구성되어 있었다.

"취이익! 모두 죽여라!"

"취익! 부숴 버리겠다!"

오크들이 괴성을 지르며 공격을 가하고 있는 것이 보였다. 너무도 위태로운 리갈 마을은 목책에 의지한 채 사냥꾼과 자경단원의 분전으로 어렵사리 막고는 있었다.

'언제 뚫릴지 모를 상황이군.'

이미 목책으로 몰려든 오크들이 둔기로 목책을 부수기 위해서 신나게 두드리고 있었다. 뒤쪽의 트롤들은 아직 끼어들지 않았지만 그들이 나선다면 목책은 순식간에 무너져 내릴 판이다.

'일단 돌파해서 저들과 합류해야 한다.'

이안은 목책 안으로 들어가서 리갈 마을의 자경대와 사냥꾼들의 도움을 받을 생각이다. 쥘베른을 꺼내는 것은 최후의 수단으로 놔두어야 할 상황이기에 어떻게든 일신의 능력만으로 전투를 지휘해야 했다.

"맥기! 한스!"

"대장님, 부르셨습니까?"

"내가 저들을 유인하는 틈을 노려서 부대를 데리고 목책 안으로 들어가라."

"네? 대장님께서 저들을 유인하시겠다는 말씀이십니까? 너무 위험합니다."

"그게 아니라면 저들을 뚫고 안으로 들어갈 방법이 없다. 내 말대로 해."

"조심하십시오."

"내 염려는 하지 말도록. 그럼 먼저 간다."

이안은 목책을 공격하느라 정신이 없는 오크들의 배후를

향해 돌격해 들어갔다. 은빛의 롱소드를 들고 감청색의 망토를 펄럭이며 달려가는 이안의 모습은 얼핏 무모하게 자살을 하러 달려가는 듯이 보였다.

"우선 마법으로 한 방! 파이어 랜스!"

우웅! 화르르륵!

화염의 창이 마법에 의해 만들어지며 오크들을 향해 날아갔다. 4클래스에 오른 이안이 사용할 수 있는 최고의 공격 마법이다.

콰앙! 후두두둑!

오크의 등판에 작렬한 마법은 뜨거운 화염을 사방으로 퍼뜨리며 주변을 잠식해 들어갔다.

"취익! 적이다!"

오크들은 동료들을 죽음으로 몰아간 이안에게로 시선을 돌렸다. 일제히 시선을 돌린 그들은 오직 한 명의 인간 기사가 검을 뽑아 들고 달려오는 것에 코웃음을 쳤다.

"취익! 인간 한 놈이다."

"내가 맡는다. 취익! 너희는 저기나 공격해라. 취익!"

어설프게 만들어진 갑옷을 걸치고 있는 오크 전사 하나가 이가 듬성듬성 빠진 블레이드를 이안에게 겨누며 외쳤다.

그러자 그가 지휘하는 오크들이 무리에서 이탈하여 이안을 향해서 마주쳐 나왔다.

"취익! 나는 오크 전사 카리탄! 취이익! 인간의 목을 벤다!"

오크 전사 카리탄이라고 외치며 달려오는 놈은 다른 오크보다 머리통 하나가 더 있을 만큼 컸다.

보통의 오크들이 160cm 정도의 키에 몸무게 100kg에 육박하는 체형인데 그보다 1.5배는 더 육중해 보이는 드럼통 같은 체구를 지닌 몬스터였다.

'무식하기는.'

이안은 오크 전사 정도는 결코 두렵지 않았다. 마계에서의 수련을 통해서 육체적인 능력이 비약적으로 발전한 상태이기에 일반 오크들은 그의 몸을 건드리지도 못할 만큼의 스피드를 갖춘 상태였다.

타탁! 부아아앙!

달려오던 힘을 이용하여 그대로 공중으로 점프하는 오크 카리탄은 블레이드에 검붉은 기운을 생성시킨 채 이안을 향해서 휘둘렀다. 꿈틀거리는 근육에서 이루어지는 폭발적인 공세는 일반적인 기사라면 그대로 압도당하고 말 것이다.

'싸움은 기세지. 하지만 네놈의 기세는 너무 약해.'

이안은 롱소드에 마나를 실어 사선으로 올려쳤다. 내려치는 것과 그것에 맞서는 올려치기라면 같은 힘일 경우 99% 내려치는 쪽이 이긴다. 육중한 체구에서 나오는 힘이 플러스되기에 결코 힘에서 상대가 되지 않기 때문이다.

"취이이익!"

카리탄은 자신의 승리라고 생각하는지 롱소드와 블레이드가 부딪치는 그 순간 입꼬리가 살짝 말렸다.

까아앙!

묵직한 충돌 음이 터질 때 카리탄의 표정이 급변했다. 인간족의 기사는 오크의 강력한 힘을 절대 이길 수 없었다. 그리고 지금의 격돌은 자신이 절대 유리한 상황이기에 더욱 그러했다.

'왜?'

카리탄이 떠올린 마지막 생각이었다. 블레이드를 부수고 들어와 그대로 자신의 목을 베어내는 이안은 반 바퀴 신형을 회전시키고 난 후 자신의 부하들을 향해 다시 달려갔다. 그것이 그가 본 마지막 세상의 모습이었다.

"모두 죽여주마! 간다!"

이안은 카리탄의 죽음에 주춤하는 오크들에게 강렬한 투기를 실어 외쳤다. 그가 내뿜는 투기는 마계에서 수련할 때 쌓은 것으로 약해빠진 중간계의 몬스터들로서는 감히 받아낼 수 없는 강렬한 기운의 투기였다.

"취이익!"

"카리탄 당했다. 취익! 도망가자!"

오크들은 그랜드크로스로 인해 광기에 휩싸여 있었지만 그 광기를 넘어서는 이안의 투기에 정신이 번쩍 들었다. 짧고 굵은 두 다리가 떨려오고 아랫도리가 축축하게 젖어오는 것을 느꼈다. 가장 강한 포식자가 누구인지 몬스터 특유의 본능이 말해주고 있다.

후앙! 쎄에에엑!

이안의 검세가 아름답게 펼쳐졌다. 강한 전사의 기세를 내보이는 검술인 브레이브소드는 그 이름만큼이나 강한 기운을 사방으로 뿜어냈다.

"춰익!"

"크악!"

검세에 휩쓸린 오크들은 저항다운 저항도 해보지 못하고 반으로 갈라진 채 죽어나갔다. 저 멀리서 목책을 향해 공격하던 오크들도 공세를 멈추고 한 인간에 의해서 도륙당하고 있는 100여 마리의 동료들을 지켜볼 정도였다.

"춰익! 저 인간, 강하다. 춰익! 모두 같이 싸운다!"

"춰이익! 인간 죽인다!"

아무리 오합지졸이라도 수가 많으면 없던 용기도 생기는 법이다. 아직 남아 있는 오크들의 수는 천 단위가 넘었고, 전투에 참가하지 않은 중대형 몬스터도 십여 마리가 있었다. 그들이 한꺼번에 이안을 향해 달려들자 그 기세는 하늘을 찌를 듯이 솟구쳐 올랐다.

"춰익! 그대로 깔아뭉개라!"

쪽수의 유리함은 제아무리 강력한 적이라고 해도 결국에는 굴복하게 만드는 것에 있었다.

'후훗! 죄다 몰려오는군.'

이안은 자신의 생각대로 오크들을 선두로 하여 죄다 몰려오자 레이첼이 남긴 아티팩트를 모조리 동원했다.

"파이어 버스트! 라이트닝 쇼크 웨이브!"

후웅! 후우웅! 콰츠츠츠측!

아티팩트로 사용하는 마법은 하루에 몇 번이라는 제한이 붙어 있지만 초장에 놈들의 기를 꺾어놓는 것에는 충분했다. 화염이 떨어져 내리고 그 자리에서 거창한 폭발을 일으키며 수십 마리의 오크가 죽어나갔다. 그리고 우측에서는 번개의 파도가 오크들을 집어삼키며 오크 통구이를 양산해 내는 것으로 제 몫을 충분히 해주었다.

"취익! 비겁하다! 취이익! 찢어 죽인다, 인간!"

오크 전사들은 이안의 마법에 백여 마리의 오크가 떼죽음을 당하자 더욱 격분하여 달려왔다. 검붉은 오크 전사 특유의 투기를 발산하며 달려오는 그들을 보며 이안은 서서히 반대쪽 능선으로 이동하며 외쳤다.

"누가 네놈들에게 잡힌다더냐! 나를 잡기에는 네놈들의 다리가 너무 짧구나! 으하하하!"

오크들을 비웃는 그의 음성이 언덕으로 퍼져 나가고, 오크들은 모욕을 당했다는 것에 더욱 격분하며 이안을 추격했다.

"이야! 우리 대장님 대단하지 않냐?"

"그러게. 다른 기사님들은 상대도 되지 않을 거 같아."

병사들이 수군거리는 소리를 듣는 맥기의 얼굴에 뭔가 묘한 기대감 같은 것이 어렸다. 10년이 넘는 군 생활을 하며 전투에 대한 안목이 높은 맥기에게 이안의 능력은 왕국의 영웅으로 불리는 헥토르 후작만큼이나 높게 각인되고 있었다.

"서둘러라! 대장님이 놈들을 유인하는 동안 목책으로 들어가야 한다!"

"충!"

병사들의 복명을 들으며 맥기는 선두에 서서 목책을 향해 내달렸다. 그 뒤는 나머지 병사들이 따르며 미친 듯이 질주했다.

"쥐익! 서라! 쥐이익!"

"후후! 너 같으면 서겠냐?"

이안은 천여 마리의 오크 떼를 이끌고 초장거리 레이스를 하고 도로 리갈 마을의 목책으로 돌아왔다. 그 먼 거리를 달려왔음에도 숨 하나 흐트러지지 않은 이안은 목책 위에서 활시위를 당기고 있는 병사들과 사냥꾼들을 보았다.

"대장님이 오신다! 목책을 열어라!"

맥기가 목책의 문을 열라고 외치는 소리에 이안은 서둘러

고함을 질렀다.

"됐다! 그대로 있어!"

"어? 네! 대기!"

맥기는 이안이 목책의 문을 열지 말라고 한 것에 어쩌려고 하는 것인지 몰라 어리둥절해 했다. 하지만 지엄한 상관의 명령에 따르는 것이 부하 된 도리라 그대로 대기 명령을 내렸다.

타탁! 파파팟!

목책의 하단부를 밟고 뛰어오른 이안이 대각선으로 가로지르며 목책을 뛰어넘었다. 4미터가 넘는 목책을 인간이 뛰어넘는 묘기에 맥기를 비롯한 모든 사람들이 입을 헤벌리고 놀라워했다.

"정신 차려라! 놈들이 몰려온다!"

"아……!"

"일제 사격을 가하라!"

"충! 쏴라!"

맥기를 위시한 궁병들과 사냥꾼들이 활시위를 당겼다가 빠르게 튕겼다. 백여 발의 화살이 시위를 떠나 광분하여 달려오고 있는 오크들에게 날아갔다.

"취익! 막아라!"

오크 전사는 자신을 향해 날아오는 화살을 블레이드로 쳐냈다. 투기를 다룰 줄 아는 오크 전사이기에 가능한 것이지 일반적인 오크들이 화살을 쳐내기란 요원한 일이다.

"퀴익!"

"캐액!"

비명을 지르며 죽어가는 오크의 수가 목책으로 다가올 때마다 증가했다. 사냥꾼들은 눈을 감고도 화살을 쏠 수 있는 능력을 갖춘 자들이었다. 일반적인 전투 능력은 병사들에 비할 바가 아니지만 활을 다루는 스킬만큼은 엘프를 뺨치는 자들인 것이다.

퉁! 투퉁! 투투투퉁!

숙련된 궁사가 일 분에 대여섯 발의 화살을 쏜다면 사냥꾼들은 그 배에 달하는 속도로 화살을 날렸다. 시위에 걸리는 순간 바로 당겼다가 놓는 동작이 순식간에 이루어졌다.

'역시… 사냥꾼들의 활솜씨는 대단하군.'

이안은 사냥꾼이 오크를 활로 잡아내는 모습을 지켜보다 정신을 차렸다. 이제부터는 자신이 해야 할 일에 집중해야 했다.

"후읍!"

길게 호흡을 들이마신 이안은 화염의 이미지를 머릿속에 만들어내며 마법을 캐스팅했다. 4클래스를 마스터했다 해도 마법의 위력을 증가시키려면 이미지를 그려내는 것이 중요했다.

"파이어 월! 파이어 월!"

두 번의 캐스팅이 연달아 이루어지고, 이안의 두 손이 가리키는 곳으로 거센 화염의 장벽이 만들어졌다.

"취익! 부, 불이다!"

몬스터들이 가장 무서워하는 것이 바로 불이었다. 원초적인 본능을 자극하는 불의 강력한 위협에 오크들의 발이 묶였다.

"오오! 대장님이 마법을 펼쳤다! 하하하! 오크새끼들, 꼴좋구나!"

맥기와 한스는 신나서 화살을 날렸다. 발이 묶인 오크들이 우왕좌왕하는 것을 보며 한 번에 한 마리씩의 오크를 지옥으로 보내 버렸다.

"크워어어!"

오크들이 불길에 발이 막히고 궁병과 사냥꾼들의 요격에 죽어나가는 그 순간 작은 리갈 마을을 뒤흔드는 포효가 터져나왔다. 강렬한 투기가 실린 그 포효는 화살을 쏘던 궁병들을 주춤거리게 만들었다.

'역시… 저놈들이 나서는 것인가?'

이안은 오크들이 물러서고 그 자리에 대신 나타난 몬스터들을 보았다. 화살로는 상대도 할 수 없는 괴물이자 가장 위협이 되는 존재, 바로 트롤과 오우거였다.

"대, 대장님!"

맥기는 트롤과 오우거의 등장에 다급히 이안을 찾았다. 저런 놈들이 달려든다면 목책으로는 막을 수 없었다. 그것을 해결할 수 있는 유일한 사람으로 생각한 것이 바로 이안이었다.

'일단 아티팩트로 쓸 수 있는 모든 마법을 사용한다. 그래 봐야 몇 방 안 되기는 하지만……'

반지에 인챈트 되어 있는 마법은 파이어 버스트 두 방과 라이트닝 쇼크 웨이브 한 방이 전부였다. 그 외의 아티팩트는 실드와 배리어 등의 방어 마법이고 비상시에 사용할 수 있는 블링크를 한 번 사용할 수 있었다.

'제길, 체온 유지 마법하고 향기 마법이 아닌 공격 마법을 더 걸어놓았으면 얼마나 좋아.'

대마법사여도 누가 여자 아니랄까 봐 아티팩트에 이상한 마법을 주구장창 걸어놓은 오래전 죽은 레이첼에게 투덜거리며 이안은 아티팩트를 내밀었다.

"파이어 버스트!"

이안은 화염의 장벽을 관통하며 달려오는 트롤을 향해 마법을 날렸다. 5클래스의 광역 공격 마법인 파이어 버스트는 항마력이 높은 트롤에게도 적잖은 타격을 줄 수 있는 마법이었다.

콰앙! 후두두둑!

마법이 날아가 트롤의 몸체에 강력한 타격을 주었다. 가죽이 갈라지고 살점이 폭발하며 떨어져 나갔지만 거대한 몸집의 트롤은 쓰러졌다가 다시 일어났다.

"크워어어!"

부웅! 콰지지직!

오우거의 거력이 실린 몽둥이가 목책에 떨어져 내렸다. 그러자 그 힘을 이기지 못한 목책이 부서져 나가고 흉측하게 생긴 오우거의 동체가 그 틈을 보였다.

"으으! 목책이 부서져 내린다!"

사냥꾼 중의 하나가 절망 어린 음성을 토해냈다. 그 음성에 이안은 트롤을 마법으로 막다가 급히 오우거가 있는 곳으로 달리며 외쳤다.

"이차 목책으로 후퇴하도록!"

이미 안으로 들어오며 리갈 마을의 목책을 살폈기에 내릴 수 있는 명령이다.

"후, 후퇴한다!"

맥기는 얼이 빠져 있는 병사들을 이끌고 이차 방어선이라고 할 수 있는 내부 목책으로 후퇴했다. 그들이 물러설 때까지 시간을 벌어줘야 하는 이안은 롱소드를 뽑아 들고 목책을 부수고 있는 오우거에게 몸을 날렸다.

'단번에 벤다!'

시간이 없었다. 목책이 부서지는 것이야 언제든 이루어질 일이지만 적어도 절반 이상의 몬스터들을 제거한 후라야 한다. 그 이전이라면 내부 목책이 부서지는 것도 시간문제였다.

'혼자 막는 것은 무리다. 저들에게 피해가 가서는 안 될 일.'

자신의 보호 하에 있는 자들을 지켜야 한다는 책임감이 이안의 무겁게 어깨를 짓눌렀다. 그러나 그런 무게도 이기지 못한다면 사내대장부일 수 없다는 생각으로 이를 앙다물었다.

"흐랏!"

바람을 가르며 이안의 신형이 오우거를 향해서 달렸다. 사람들은 내부 목책으로 후퇴하면서 부서진 목책을 뚫고 들어오는 오우거를 보고 공포에 질렸다.

그런 오우거를 막기 위해서 달려가는 이안의 모습에 희망을 얻었다. 그리고 그가 피어내고 있는 오러스레드는 60cm에 이를 정도로 길고 찬란한 빛을 발했다.

"브레이브소드 7식 트리플 슬래쉬!"

이안의 오러스레드가 세 개로 늘어나며 오우거에게 뻗어나갔다. 이안의 신형 역시 그 검세에 녹아들어 거의 합쳐지는 듯이 흐릿하게 보였다.

"크아!"

오우거는 인간 기사가 자신을 향해서 쇄도해 들어오자 자신의 분노가 실린 몽둥이질을 가했다. 천생의 신력이 담긴 그 공세가 밀려나는 이안의 검세를 덮쳐갔다.

콰지지직!

상단의 검세를 찍어 누르는 오우거의 몽둥이는 오러스레드와 맞닿는 순간 가루가 되어 분해되기 시작했다. 아무런 타격도 입지 않은 이안의 검세는 그대로 오우거의 몸체에 닿았고, 그대로 가죽과 뼈를 가르며 지나가 버렸다.

목과 가슴, 그리고 하복부가 갈리며 이안의 몸은 투과하듯이 오우거의 뒤에 모습을 드러냈다.

"크아아아!"

고통에 찬 울부짖음을 내지른 오우거의 움직임이 정지되고, 비릿한 피비린내와 함께 오우거의 내장이 그 갈라진 틈을 비집고 뿜어져 나왔다.

"와아! 기사님이 이기셨다!"

"대, 대장님!"

사냥꾼들이 먼저 이안의 승리를 보고 환호성을 울렸고, 맥기와 한스는 자신들의 대장이 일검에 오우거를 베어낼 정도로 강력한 기사라는 것에 심장이 멎는 기분을 느꼈다.

"아직 전투가 끝난 것이 아니다! 어서 대열을 정돈하라!"

이안은 자신의 싸움을 지켜보느라 멈춰 있는 사람들에게 명령했다. 외부 목책이 부서진 이상 조만간 다른 몬스터들도 속속 들어올 것이다. 그것들을 요격하려면 모두가 정신을 바짝 차려야 할 것이다.

'숨이 가쁘다. 하지만 이겨내야겠지.'

이안은 벌써 반나절이 넘게 오러스레드를 만들어내며 목

책과 목책 사이를 뛰어다녔다. 그가 잡은 대형 몬스터들로 인해서 내부 목책은 그나마 무사할 수 있었고, 남은 것은 오크들이 전부였다. 그 숫자도 날이 저물어가는 지금 이백여 마리도 남지 않았다.

"취익! 부서져라! 취이익!"

쾅! 콰쾅! 콰앙!

오크 전사의 블레이드가 미친 듯이 목책의 두꺼운 통나무를 가격했다. 투기가 잔뜩 실린 그 공세에 통나무는 힘없이 찍혀 나갔다. 이제 곧 입구가 뚫릴 것이고, 그곳을 통해서 살아남은 오크들이 밀려들 상황이다.

"맥기!"

"넵, 대장님!"

"방패병과 파이크병으로 입구를 막아!"

이안은 마지막 트롤의 목을 치느라 목책의 끝 쪽에 있었다. 그런 그가 오크 전사를 발견했을 때는 이미 목책의 문이 기능을 상실하고 부서져 내리기 직전이었다. 한 번만 더 블레이드가 휘둘러진다면 허물어질 것이다.

"추웅!"

"죽기 살기로 막는다! 가잣!"

맥기가 활을 놓고 방패와 검을 든 채 목책을 내려갔다. 목책에서 기어올라 오던 오크들의 머리를 내려찍으며 막던 병사들도 서둘러 자리를 떴다.

"온다! 방패병 준비!"

"합!"

병사들은 기합을 내지르며 방패로 몸을 단단히 가렸다. 카이트실드로 몸을 가리고 목책이 부서지면 안으로 들어올 오크 떼의 돌진에 대비했다.

콰아앙! 후두두둑!

드디어 내부 목책의 문이 부서지고 그 사이를 뚫고 오크 전사가 돌진해 들어왔다. 그의 블레이드가 시뻘건 투기로 무장한 채 그대로 카이트 실드를 부수기 위해 쇄도해 들어왔다.

"충돌 준비! 몸으로 버텨!"

"합!"

병사들은 이를 앙다문 채 오크 전사의 블레이드를 막아갔다. 두꺼운 강철로 만들어진 카이트 실드는 오러가 아니라면 단번에 갈라지지 않을 정도로 방호력이 뛰어났다.

카앙! 크기기기긱!

방패에 충돌한 블레이드가 귀를 거슬리게 하는 소음을 만들어냈다.

"밀어!"

"차앗!"

"다시 밀어!"

"차앗!"

방패병들은 블레이드를 막아낸 카이트 실드의 방호력을 믿고 앞으로 전진하며 방패 치기로 밀었다.

"취익! 이잇!"

오크 전사는 자신의 공격이 막힌 것에 분노했는데 나약한 인간들이 괴상한 것을 들고 집단으로 밀어치기를 하자 더욱 광분하여 날뛰었다.

"파이크병 공격!"

"방패 아래로! 찍어!"

오랜 시간 동안 합을 맞춰온 덕에 병사들이 보이는 공격은 기계적으로 이루어졌다. 방패가 내려가고 그 틈을 파이크병의 할버드가 휘둘러졌다. 오크 전사는 그런 할버드의 공격에 뒤로 피했고, 거둬지는 할버드의 자리를 다시 방패가 채웠다.

"방패병, 밀어!"

"합! 합!"

쿵! 쿵!

병사들이 발을 구르는 소리가 단 하나의 소리로 합쳐졌다. 오랜 훈련이 아니라면 절대 나올 수 없는 소리였다.

"방패… 막아!"

맥기의 명령이 내려지려다 상황에 어울리는 명령으로 바뀌었다. 그러자 병사들은 방패에 몸을 밀착시켜 막으며 외쳤다.

"조장! 밀어치기하는 거 아니었습니까?"

"마! 저기 대장님 오는 거 안 보이냐?"

맥기의 말에 병사들은 방패로 몸을 가린 채 이안이 오고 있는 곳을 힐끗 쳐다보았다. 목책의 좁은 통로를 날듯이 달려오는 이안이 근처에 이르자 그대로 공중으로 점프하며 자신들이 막고 있는 오크 전사를 향해 떨어져 내리는 광경이다.

"역시 대장님!"

"흐흐! 넌 뒈졌어!"

병사들은 이안의 검이 오크 전사에게 떨어져 내리면 좁은 입구를 뚫고 들어오는 오크들의 목숨은 거기서 끝이라고 생각했다. 지금까지 이안의 전투를 지켜본 그들 모두의 판단이었다.

서걱!

"오너라! 모두 죽여주마!"

일검에 오크 전사의 목을 베어버린 이안이 목책의 뚫린 입구에 버티고 서서 투기를 발산했다. 그의 강렬한 투기에 들어오던 오크들이 부들부들 떨었다.

"쿼, 쿼, 쿗!"

공포에 질려 콧방귀도 제대로 뀌지 못하는 오크들은 딸꾹질까지 해대며 우왕좌왕했다.

"오라! 네놈들을 모두 죽여 지옥의 마신에게 보내주겠다!"

웅웅거리는 음성이 리갈 마을을 뒤흔들고, 그 강렬한 투기는 남아 있는 오크들을 옭죄었다.

"취익! 도, 도망가자!"

"취칫! 저 인간, 무섭다. 취칫! 나 간다."

오크는 치밀어 오르는 광기보다 눈앞의 인간이 뿜어내는 투기가 더 무서웠다. 기에 억눌린 오크가 선택할 수 있는 것은 오직 하나였다. 바로 줄행랑으로, 살아남은 이백여 마리의 오크가 그들이 공격해 들어온 루트를 따라 역으로 되돌아 나갔다.

'크으, 끝인가!'

이안은 오크들이 모두 물러가는 것을 보고 온몸을 짓누르고 있는 무게감을 걷어낼 수 있었다.

털썩!

이안의 신형이 급격하게 무너져 내렸다. 그러자 놀란 맥기와 한스 등이 급히 달려왔다.

"대장님!"

"괜찮으십니까?"

이안은 두 사람의 물음에 하얗게 질린 안색으로 힘겹게 대답했다.

"후후! 괜찮다. 마나를 모두 사용한 탓에 그럴 뿐이다."

"아, 다행입니다. 전 대장님께서 잘못되시는 줄 알고……."

맥기는 진심으로 이안을 걱정하고 있었다. 이번 전투를 통해서 이안을 진정으로 따르겠다고 각오한 그였기에 그 진정성이 얼굴에 그대로 묻어나왔다.

"고맙군. 좀 쉬어야겠다."

"네, 제가 모시겠습니다."

맥기의 부축을 받으며 이안이 리갈 마을 안으로 천천히 걸음을 옮겼다.

"와아아! 대장님 만세!"

"만세! 만세! 만세!"

리갈 마을의 자경대와 사냥꾼들은 이안이 부축을 받으며 들어서자 미친 듯이 만세를 삼창하며 그를 반겼다.

일천 마리가 넘는 오크와 트롤, 오우거가 끼어 있는 몬스터의 공격을 막아낸 무적의 기사에 대한 진심 어린 환영이었다.

"모두 들으시오!"

이안은 마나를 회복한 후 곧바로 리갈 마을의 주민들을 모았다. 마을 중앙의 회관 앞에 모인 사람들은 존경 어린 시선을 이안에게 보내고 있었다.

오우거를 일검에 베어내는 기사이자 수백의 오크에 둘러싸인 상태에서도 오히려 그들을 도륙해 버린 압도적인 검술을 선보인 자. 지금 그들이 바라보고 있는 이안 레이너라는 기사였다.

무엇보다 사냥꾼들이 모여 이루어진 리갈 마을이라는 곳

을 지키기 위해 목숨을 다해 싸워준 명예로운 기사라는 것이 그들의 마음을 사로잡았다.

"목책을 수리하는 것에는 너무 많은 시간이 걸린다는 것을 알고 있을 것이오. 아직 몬스터웨이브는 끝난 것이 아니고 내일은 더 많은 몬스터들이 저 산맥에서 밀려 내려올 것이오. 그래서 나는 이곳에서 몬스터들을 막는 것은 불리하다는 판단을 내렸소."

"아아……!"

사람들은 이안의 말에 절망했다. 이안이 부대를 데리고 백인대로 간다면 사냥꾼 마을은 전멸을 면치 못할 것이다.

"해서 같이 가고자 하는 사람들은 모두 함께 백인대가 있는 곳으로 데리고 갈 생각이오. 모두 한 시간 안에 결정을 내리고 통고해 주시오. 날이 완전히 저물면 행군에 지장이 있으니 시간이 촉박하오."

이안이 말을 마치고 단상을 내려가자 맥기가 급히 다가왔다. 그의 얼굴에는 약간이지만 걱정 같은 것이 깃들어 있었다.

"왜?"

"리갈 마을의 사람들을 모두 합치면 700명이 넘습니다. 그들을 부대 안에 머무르게 할 공간이 없습니다만."

백인대의 목책 요새는 가운데 연병장을 제외하면 빈 공간이 없을 정도로 비좁았다. 그런 곳에 700명이 밀려든다면 발디딜 틈이 사라질 것은 자명한 사실이다.

"나도 안다. 하지만 저들을 두고 갈 수는 없는 일이다."

이안은 살릴 수 있는 생명은 반드시 살리겠다는 의지를 되새기며 말했다. 그 말에 맥기는 그런 것이 주군인 이안의 결정이라면 걱정 따위는 하지 않겠다고 생각했다.

결정적으로 군인은 위에서 까라면 까야 하는 존재였고, 그렇게 키워졌다.

"어떻게든 이번 몬스터웨이브만 넘기면 되니까 힘들어도 참아보자고. 그리고 여자들도 있으니까 애들 단속 잘하고."

"충! 애들한테도 충분히 주의를 주겠습니다."

오랜 시간 병영에 있던 사내들이라 민간인 여자들이 보이면 자칫 사고를 칠 수도 있어 그것까지 세심하게 주의를 주었다.

"대장님!"

맥기와 이야기를 마무리 지을 때 리갈 마을의 대표가 몇몇 사냥꾼과 함께 다가왔다.

"결정은 내렸소?"

"모두 따라가기로 했습니다."

"그렇군. 해가 저물기 전에 산을 내려가야 하니 간단한 짐만 꾸려서 가도록 해야 하오."

"물론입니다. 그렇게 이르겠습니다."

"좋소. 그럼 출발할 때 봅시다."

"네, 그리고 감사합니다."

"후후! 나는 기사이기 이전에 군인이요. 군인은 나라의 백성을 지키기 위해 존재하지. 내게 주어진 당연한 임무를 수행했을 뿐이오."

이안의 너무도 당연하단 그 말에 마을의 촌장과 사냥꾼들은 감동 어린 시선으로 그를 보았다.

그 당연한 일을 행하지 않는 자들이 지금까지 너무나 많았기에 이안을 존경 어린 눈빛으로 대하는 것이다.

몬스터 웨이브는 치열한 전투를 양산하고 마무리 지어졌다. 리갈 마을의 사람들이 가세한 요새로 도합 십여 차례의 공격이 이루어졌고, 그때마다 이안의 지휘를 받은 사람들은 별다른 희생 없이 그것을 극복해 냈다.

"룰루루! 히히히!"

미친놈처럼 콧노래를 부르며 뭔가를 벗겨내는 사람들은 희망에 가득 찬 눈으로 일에 매진했다.

"이게 도대체 몇 마리야? 허허."

사람들은 벗겨도 벗겨도 줄지 않는 몬스터 사체에 즐거운 비명을 지르고 있었다. 오크의 가죽만 하더라도 상처가 나지 않은 것은 1골드에 육박할 정도로 고가의 물품이다. 거기다 오크 전사들과 오크들이 떨군 블레이드와 글레이브는 철로 만들어진 것이라 그것들만 모아서 팔아도 엄청난 금액이다.

'사체는 묻어야겠다. 너무 많아 자칫 질병이 돌 수도 있다.'

이안은 아깝지만 몬스터들의 사체를 파묻기로 결정했다. 물론 오우거와 트롤의 사체는 예외로 무한의 가방에 넣어서 따로 보관했다. 이안이 잡은 중대형 몬스터는 감히 리갈 마을의 사냥꾼들도 욕심내지 못했다.

"디그! 디그! 디그!"

빠르게 디그 마법을 연속으로 사용했다. 하루하루 몬스터들의 사체는 빠르게 썩기 시작할 것이고, 그것으로 인한 질병을 막으려면 서둘러야 했다.

"와아! 대장님이 마법을 사용한다!"

"대장아저씨! 멋있어요오~!"

아이들은 초롱초롱한 눈망울로 이안의 뒤를 졸졸 쫓아다녔다. 마을의 위기를 구해준 영웅이고 무서운 몬스터들을 멋진 검술로 쓰러뜨린 강함이 어린아이들에게 동경의 대상으로 받아들여진 것이다.

"녀석들도 참……."

아이들은 너무도 순진무구했다. 기사가 어떻고 귀족이 어떤가에 대해서 들어본 적도 없는 것이 아이들이다. 보통 기사 신분이라면 사냥꾼 마을의 아이들이 감히 근접도 못할 높디 높은 신분이다.

"이 녀석들! 대장님 귀찮게 하지 말라고 했어, 안 했어!"

사냥꾼 마을의 젊은 촌장은 아이들이 혹시라도 이안에게 실수를 할까 봐 서둘러 아이들 진압에 나섰다.

"놔두시오. 아이들이 무슨 잘못이 있다고. 아이들은 그저 밝게 뛰어노는 것이 좋소."

아이들은 나라의 미래라고 생각하는 이안이다. 자신도 저나이 때는 검을 휘두르며 벌판을 뛰어다녔다.

그때 영웅담에서 들었던 뛰어난 기사와 마법사들이 이안에게는 영웅이었고, 그들을 닮기 위해서 부단한 노력을 기울인 끝에 지금의 자신이 있는 것이다.

"하지만 대장님께 무례를 범하지나 않을지 걱정되어서 그렇습니다."

"괜찮소. 세상을 아는 자들이 신분의 벽을 넘어서 무례를 범한다면 벌해야 마땅하겠으나 그것을 모르는 어린아이들에게는 죄가 되지 않소."

이 시대를 살아가는 귀족이라면 당연히 어린아이에게도 죄를 묻겠지만 흐릿하지만 강한성의 기억도 함께 가지고 있는 이안에게는 너무도 당연한 일이었다.

"아, 감사합니다."

젊은 촌장은 이안의 말에 가슴이 뜨거워짐을 느꼈다. 세상 어디에서도 이런 기사를 본 적이 없고 산골 무지렁이들을 위해서 목숨을 걸고 싸웠다는 것도 들어보지 못했다.

"저기, 그런데……"

말이 더욱 조심스럽게 흘러나왔다. 마을의 모든 인력이 동원되어 몬스터들의 가죽을 벗기는 작업이 진행 중이다. 그 가죽은 적어도 수천 골드는 호가할 정도이고, 어떻게 배분해야 할지 결정해야 할 때였다.

"말하시오."

"가죽을 모두 벗겨내면 팔아야 하지 않겠습니까?"

"계속해 보시오."

"혹시 판매처를 알고 계십니까?"

군인이라고 해도 목숨을 걸고 싸웠기에 이번 몬스터 웨이브를 통해 벌어들인 것들에 대해 정당한 요구를 할 수 있었다.

사냥꾼들이 제법 많은 오크들을 죽였다고 해도 이안과 병사들보다는 훨씬 적은 숫자였다. 특히 이안은 홀로 천여 마리 이상의 오크를 도륙하지 않았는가.

"아니, 나는 아직 모르오. 혹 마을을 들르는 상단이 있소?"

"있습니다. 그곳을 통해서 팔면 제법 괜찮은 가격을 쳐줄 겁니다."

촌장이라고 해도 현역으로 뛰고 있는 사냥꾼이었다. 그런 그가 괜찮다는 말을 하는 것을 보면 상단이 제법 공정한 거래를 하는 것으로 보였다.

"흠! 알겠소. 가죽 판매에 관한 것은 촌장에게 일임하리다. 그리고 대금의 배분에 관한 것인데 말이오."

"네? 네, 말씀하십시오."

촌장은 이안이 주는 대로 받을 생각이었다. 안 준다고 해도 자신들을 살려준 은인이니 씁쓸하지만 포기할 생각도 있었다.

"70%는 마을에서 가져가고 우리에게는 30%만 주면 되오."

"네? 그, 그게 정말이십니까?"

촌장은 깜짝 놀랐다. 가죽 판매 대금의 70%라면 그 액수가 족히 5천 골드를 훌쩍 넘어가는 거액이다. 그런 거액을 자신들에게 준다고 하니 놀라지 않는 것이 이상한 일이다.

"목책이 망가지고 마을 또한 온전하지 못할 것이오. 안 그렇소?"

"그렇기는 합니다만……."

"마을 사람들도 살아야 하지 않겠소. 또 돌아오는 가을에는 세금도 준비해야 할 것이고."

"아, 감사합니다."

마을의 수조권을 가지고 있는 사람이 이안이다. 그가 세금을 준비하기 어려운 마을 사람들을 배려해 주자 촌장의 눈이 시뻘겋게 변했다.

"대신 촌장도 알겠지만 백인대의 주둔 요새도 심각한 타격을 받은 상태요. 마을 수리가 끝나는 대로 인력 지원을 해줘야겠소."

"그건 당연히 그렇게 하겠습니다. 어느 분의 명령이신데 안 따르겠습니까. 하하하!"

촌장은 자신들에게 살길을 열어주고 작은 부탁을 하는 이안이 너무도 큰 사람으로 보였다.

귀족이라고 해도 인간보다 못한 짐승들이 판을 치는 세상에서 진정한 사내를 보는 것 같았다.

―야, 오랜만이다! 지난번에 사고 났다고 들었는데 무사했구나!

이안은 오랜만에 사적인 마법 통신을 하고 있었다. 몬스터 웨이브가 끝난 지 두 달이 지나가는 시점에서 받은 통신 덕분이다.

"그래, 토리 너도 잘 지내지?"

108사단으로 간 단짝 티모시 대신 106사단으로 같이 발령받은 토리라는 동기가 연락을 해온 것인데, 그 역시 아카데미에서 자주 어울리던 친구이다.

―그때 애들 난리도 아니었다. 너 찾으러 간다고 휴가를 낸 놈도 있었어.

"후후! 그 휴가 낸 놈이 티모시냐?"

—아니, 다행이다.

"그 녀석도 참. 그래, 어쩐 일로 마법 통신을 다 줬냐?"

—아! 다름이 아니고 조짐이 이상해서 그런다.

"조짐이 이상하다니… 그게 무슨 소리야?"

이안은 몬스터웨이브가 지나간 지 얼마나 됐다고 조짐이 이상하다는 말에 신경이 곤두섰다. 안 그래도 해야 할 일이 태산 같은데 외부의 방해가 있을까 걱정되었다.

—아무래도 재상이 칼을 빼 든 거 같다.

"재상이 칼을 빼 들다니… 설마 그 소문으로만 듣던 귀족 개혁 법안을 말하는 거냐?"

이안도 락토르 왕국의 재상인 다아크 폰 아이페르 공작이 주장하는 귀족 개혁 법안을 알고 있었다.

국왕의 권위를 올리고 지방 귀족들, 특히 제후라고 칭할 수 있는 후작 이상의 귀족들의 권력을 빼앗으려 하는 문제가 많은 법안에 관한 것이다.

평소에도 시밀로프 후작과 연결된 다아크 공작에게 적개심을 가지고 있는 이안으로서는 절로 인상이 찌푸려질 일이었다.

—가문에서 온 전문을 보니 법안이 통과된 모양이더라고. 그래서 지금 변경백들에게 군권을 내놓으라고 하는 모양이야.

변경백들에게 주어진 군권은 락토르 왕국을 지탱하는 힘

이라고 할 수 있었다. 1군단만 해도 헥토르 후작이 쏟아 붓고 있는 재물이 어마어마하기에 그의 사병 집단이라고 해도 무방했다.

국왕의 입장에서는 제국을 상대하기 위해서 키워진 1군단이 언제든 자신의 심장에 비수를 꽂을 수 있기에 불안할 터였다.

"기간트를 모두 왕실에서 통제하고 있으면서 무슨 걱정이 그리 많은지… 미친놈들."

이안이 격하게 왕실과 재상의 행태에 비판을 가하자 토리가 말을 끊었다.

─야야, 그렇게 말하지 마라. 왕실과 재상의 입장에서는 당연한 거니까 말이야. 물론 귀족들 입장에서는 미치고 환장할 일이기는 하지만. 쯧!

토리의 말대로 양측의 입장은 서로 상반된 것이고, 어느 것이 옳고 그르다 할 수 없는 사안이었다. 왕실은 왕실의 입장에 충실한 것이고 제후들은 제후들의 입장에서 반대하는 것이기 때문이다.

"조짐이 이상하다고 한 것이 그것 때문이냐?"

─그게 아니고… 조만간 왕실에서 헥토르 후작을 칠 것 같다.

"뭐? 헥토르 후작을 치다니 그게 무슨 소리야?"

이안은 이해할 수 없었다. 비록 왕에게 충성하지 않는 귀족의 대표가 헥토르 후작이라 하지만 그는 정치에는 관심이 없었고 오직 제국의 남하를 막기 위해서 평생을 바쳐온 군인이자 기사였다. 비록 지난번 만남에서 이상한 기운을 느끼기는 했어도 아직까지는 왕국의 영웅이고 최강의 검이 바로 그였다.

—본보기를 보이겠다는 거지. 뭐 이면에는 헥토르 후작 각하의 위명이 너무 부담스러웠다는 점도 있을 테고.

"으음."

이안은 이해가 안 되는 상황에 어이가 없어 허탈하게 웃고 말았다.

'가만, 헥토르 후작이 거병을 하게 된다면… 나 역시 반란군이 되는 건가?'

이안은 헥토르 후작이 본보기로 숙청되는 것보다 자신이 처한 입장이 더 큰일이라는 것이 떠올랐다.

만약 그가 거병을 하게 된다면 그 휘하에 있는 자신과 부대원들은 반란군에 속하게 되는 것이다.

다행히 거병에 성공하여 헥토르 후작이 왕국이라도 세운다면 모를까, 반대의 경우에는 가문마저 멸문지화를 당하게 될 판인 것이다.

"으득! 토리 넌 어떻게 할 생각이냐?"

갑자기 묻는 이안의 물음에 토리가 되물어왔다.

—뭘 어떻게 한다는 거냐?

"내가 봤을 때 헥토르 후작은 반드시 거병한다. 그가 왕국의 행사에 불만이 많은 사람이라는 것은 너도 알 거 아냐."

—그야 그렇지.

"난 명분 있는 반란이라면 찬성이지만 명분도 없이 살기 위해서 반란을 일으킨다면 거부할 생각이다."

—야, 그러다 네가 먼저 공격당할 거다. 그걸 생각해야지.

토리의 말대로 이안이 반란군에 합류하는 것을 거부한다면 헥토르 후작의 입장에서는 제일 먼저 죽여야 할 것이 내부의 반대 세력일 것이다.

"적어도 혼자 죽지는 않아!"

이안은 강한 투기를 발산해 내며 씹어뱉듯이 말했다.

"토리 네가 생각하기에 언제쯤 거병할 거 같으냐?"

—나도 모르지만 한 가지는 알아. 조만간 백인대장 이상의 간부들은 전부 모이라는 명령이 떨어질 거야. 그때가 거병하는 시기일 거다.

"으음……."

이안은 시기는 알지 못하지만 거병이 일어나게 될 때를 기다릴 수만은 없었다. 그 이전에 최소한의 안전을 확보하기로 마음먹었다.

"야, 애들 좀 모아봐. 할 이야기가 많을 거 같은데, 토리 네 생각은 어떠냐?"

─흐흐! 생도장님께서 명령하시는데 소인들이 어쩌겠습니까. 따를 수밖에 없지요. 크크크!

토리의 농담에 이안은 빙긋 미소를 지으며 말을 이었다.

"내일 저녁 점호 끝나고 마법 통신 하자고 전파해. 내가 다중 통신을 구현해 볼 테니까."

마법 통신으로 여러 곳과 통신을 하는 것은 상당히 고난도의 기술을 요했다. 하지만 이안은 레이첼이 남긴 마법서가 있었고, 그 안에는 그것을 가능하게 해줄 마법진이 존재했다.

─알았다. 나도 개인적으로 동기들한테 연락할 테니 너도 친한 녀석들한테 연락해.

"알았다. 내일 보자."

이안은 통신을 끊고 곧바로 레이첼의 마법서를 무한의 가방에서 꺼냈다. 그 안에서 필요한 부분을 찾아낸 그는 미친 듯이 동기들과 한꺼번에 통신할 수 있는 방법을 구현해 나갔다.

지이잉!

마법 수정구에 마나가 진동을 일으켰다. 이안은 서둘러 마나를 주입하여 통신을 개방했다.

"토리냐?"

급한 마음에 상대방을 확인도 하지 않고 말하고 말았다. 그러나 들려온 음성은 다른 군단사령부의 트란실 중령이었다.

그는 군단 인사 참모로 헥토르 후작의 신봉자 가운데 하나였다.

—트란실 중령이다. 이안 레이너 대위인가?

"충! 이안 레이너입니다, 중령님!"

—오랜만이로군. 그래, 잘 있었나?

"염려 덕분에 잘 지냈습니다. 헌데 중령님께서 어인 일로 통신을 주셨는지 궁금합니다."

트란실 중령과는 딱 한 번 본 사이이고 그가 개인적으로 마법 통신을 넣을 이유가 없었다.

—아! 명령을 하달하기 위함이다. 이 통신이 끝나면 귀관은 그 즉시 명령을 이행하도록!

"명령이시라면… 충! 알겠습니다!"

—대륙력 1371년 11월 7일 락토르 왕국은 무도한 국왕의 폭정으로 왕국을 몰락으로 이끌 법안을 통과시켰다. 그리고 그 결과로 왕국의 든든한 방패인 헥토르 후작 각하를 숙청하려는 불온한 움직임을 보였다. 하여 구국의 결단으로 헥토르 후작 각하와 그 이하의 1군단 지휘부는 이 순간부로 락토르 왕실의 모든 명령을 거부한다. 귀관도 이런 지휘부의 명령에 따를 것이라 믿고 명령을 하달한다.

"말씀하십시오."

—1군단과 헥토르 후작 각하의 사병을 모두 모아 배덕한

왕실의 공격에 대응하기로 결의했다. 귀관도 부대를 이끌고 이 전쟁에 참여하라. 11월 10일까지 사단본부로 합류하지 않는다면 명령 불복종으로 즉결 처형토록 하겠다. 이상!

지잉! 스팟!

말을 끝내기가 무섭게 통신을 끊어버리는 트란실 중령의 행태에 이안은 헛웃음이 나왔다.

'빌어먹을. 결정을 내려야 할 때가 너무 빨리 닥쳤군.'

만약 반대한다면 혼자서는 절대 이겨낼 수 없는 싸움이 될 것이다. 적어도 동기들이 모두 힘을 합해야 게릴라전이라도 펼칠 수 있다는 것이 그의 판단이다.

"큭! 내 인생이 언제 쉬운 적이 있었더냐. 한번 해보지, 뭐. 크하하하!"

이안은 미친 듯이 웃으며 자신에게 주어진 앞길에 대해서 당당하게 부딪쳐 보기로 작정했다.

그것이 비록 계란으로 바위를 치는 길일지라도 적어도 쉽게 허물어지고 싶은 마음은 없었다.

『이안 레이너』 2권에 계속…

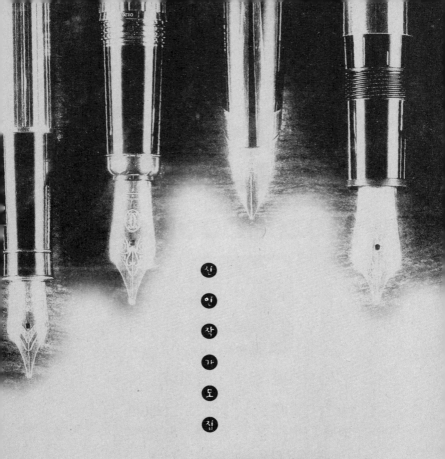

신인작가모집

**시작이 반이라고 했습니다.
작가의 길에 대한 보이지 않는 벽을 과감히 깨뜨리십시오!
청어람은 작가 지망생 여러분들의
멋진 방향타가 되어드리겠습니다.**

저희 도서출판 청어람에서는
소설 신인 작가분들을 모집합니다.
판타지와 무협을 사랑하시는 분들의 많은 참여를 바랍니다.
소정의 원고(A4용지 150매)를 메일이나 우편으로 보내주시면
검토 후 출판 여부를 알려드리겠습니다.

주소:경기도 부천시 원미구 심곡2동 163-2 서경B/D 2F 우편번호 420-822
TEL:032-656-4452 · **FAX**:032-656-4453
http://**www.chungeoram.com**
e-mail:chungeoram@chungeoram.com

이민섭 新무협 판타지 소설

죽지 못하는 자는 살지 못하는 것과 같다.
그래서 그는 스스로를 무생(無生)이라 부른다.

『무생록(無生錄)』

은퇴한 기인들의 마을, 득도촌
그곳에서 가장 기이한 자는…
은거기인들마저 놀라게 하는 한 명의 청년

"그 무엇도 궁금해하지 말 것!"

부엌칼로 태산을 가르고,
곡괭이질로 산을 뚫는 자, 무생!

흘러 들어온 남궁가의 인연으로,
죽지 못해서 살아온 그가
이제 죽기 위해 무림으로 나선다.

살지 못한 자가 비로소 살게 되었을 때
천하가 오롯이 그의 것이 되리라!

Book Publishing CHUNGEORAM

윤테이크닝 디루소구
WWW.chungeoram.com

FUSION FANTASTIC STORY
천성민 장편 소설

짐승의 규칙

『무결도왕』, 『다크로드 블리츠』
천성민 작가의 신간!

짐승의 규칙

살아야만 했다.
나를 위해 희생당한 부모님을 위해,
복수를 위해.

죽여야만 했다.
내가 살기 위해 타인의 목숨을.

그렇게……
나는 짐승이 되었다.

Book Publishing CHUNGEORAM

FANTASY FRONTIER SPIRIT

이충민 판타지 장편 소설

Mighty Warrior
영웅병사

복수를 다짐한 소년 병사.
붉은 제국을 향해 깃발을 세운다.

『영웅병사』

평온한 유년 시절을 보내던 비첼.
어느 날, 붉은 제국의 깃발 아래에 사랑하는 가족을 빼앗기고 만다.

"도끼… 도끼라면 다룰 줄 압니다."

병사가 되고자 참가한 전쟁에서 소년은 점점 영웅이 되어 간다!

쓰러져가는 아버지의 등을 억하며,
아직 어린 소년으로서 도끼를 들고 붉은 제국과 싸우 위해 일어선다.

제국과의 전쟁에 스스로 뛰어든 소년.
병사, 비첼 악센트,
이것이 영웅 탄생의 시작이다!

Book Publishing CHUNGEORAM

유멜이어린 자유추구
WWW. chungeoram.com